가끔 내가 마음에 들었지만,

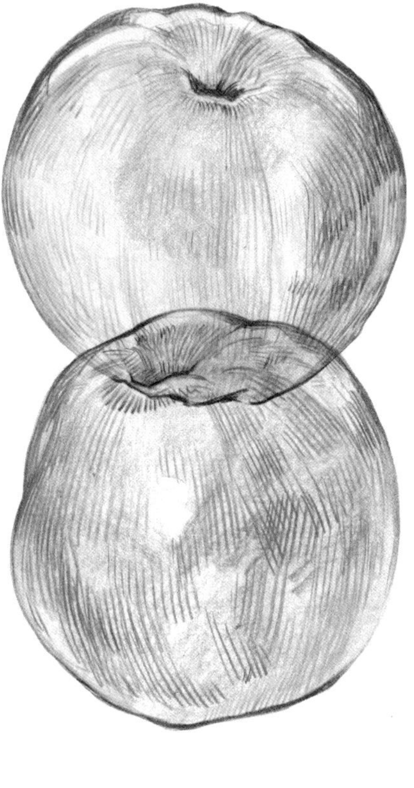

김우석 산문집

자주 내가 싫었다

필름

함께 들으면 좋은 OST

권진아 _ 시계 바늘

프롤로그

긴 방황을 보낸 지난 시간
흔들리고, 부딪히고, 깨졌던 순간들.

사소하다 싶은 작은 고민에도
흔들리는 내가 싫었고,
무언가를 가지려고 하면 잃게 될까 봐
불안해하는 내가 싫었고,
걱정이 많아서 또 걱정인 내가 싫었다.

그래도 가끔,
그 시간 속에서 부스러기처럼
어떻게든 살아보겠다고 하는 내가 있었고,
나는 그런 내 모습이 좋았다.

시간의 부스러기들을 담았다.

온전하지 못했던 시간 속 완전하지 못한 마음들.

결국, 나를 이야기하려면

마음을 이야기해야 하고

시간을 이야기해야 하고

사랑을 이야기해야 했다.

가만히 들여다보는 것만으로도 아팠던 시간이었다.

내가 사랑한 모든 것들은 나를 눈물짓게 했다.

차례

2부

3부

4부

1부

너는 너의 시간 속에서 가장 빛나는 순간을 살고 있다고.
여름이 오기 전 꼭 말해주고 싶었다.

괜찮지 않아도 괜찮아

수술한 친구의 병문안을 갔다가 집으로 돌아가기 위해 정류장에서 버스를 기다리고 있었다. 그때 조용했던 버스정류장이 두 남녀의 목소리로 어수선해졌다.

“계속 괜찮다고 하다가 결국 이렇게 됐잖아요. 이제는 괜찮은 척 좀 그만하세요.”

“여보. 나 정말 괜찮아.”

“괜찮다는 말 지겨워 죽겠어. 괜찮다고 말하면 괜찮아지는 것도 아니면서 왜 계속 괜찮다고 하는 거예요?”

“미안해. 하지만 나 정말 괜찮아. 걱정 안 해도 돼.”

한동안 시끌벅적한 그들이 택시를 타고 떠나자 이내 정류장은 다시 한산해졌다. 나는 멀어지는 택시의 뒷모습을 바라보며 그들의 대화를 곱씹었다. 괜찮다는 말은 과연 누구를 위한 걸까?

3년 전쯤, 같은 질문을 고민했던 적이 있었다.

새벽 2시 무렵 친구 아버지의 부고를 듣고 조문을 하러 갔었다. 택시를 타고 가는 내내 친구에게 위로가 되어 주고 싶어 아버지의 부재에 대해서 생각했지만, 나는 끝내 헤아리지 못했다. 말로 형용할 수 없는 슬픔이었다. 그래서 알지 못하는 슬픔에 대해 애써 위로를 전하지 않기로 했다.

장례식장에 도착해 친구의 얼굴을 보자마자 내 입은 더 무거워졌다. 늠름하고 씩씩한 친구의 얼굴이 몰라보게 야위어 있었다. 슬픔에 겨워 몸조차 제대로 가누지 못하는 그를 보자 눈시울이 뜨거워졌다.

조문을 마치고 집으로 돌아가려고 했지만, 친구의 어머니께서 밥은 먹고 가라는 말에 차마 거절할 수 없어 다시 발길을 돌렸다.

늦은 새벽 장례식장 한편에 마련된 식당은 텅 비어 있었다. 차오르는 눈물을 간신히 삼키며 떨리는 손으로 힘겹게 밥 한 숟가락을 떠 육개장과 함께 말아

먹었다. 친구는 내 앞에 앉아 있었다. 나는 그저 말없이 고개를 푹 숙인 채 국물만 떠 마셨다. 그때 친구는 쉰 목소리로 내게 말을 건넸다.

"난 괜찮아."

나는 고개를 들어 친구의 눈을 쳐다봤다. 여전히 눈물을 머금은 눈, 그러나 초점을 잃은 눈이 보였다. 그 순간 희미하게 다시 들려오는 쉰 목소리, 난 괜찮아.

괜찮다는 말은 나를 위한 말일까.

너를 위한 말일까.

장례식장에서 나오면서 마중 나온 친구를 껴안았다. 차마 입 밖으로 꺼내지 못하고 끌어안으면서 속으로 하고 싶었던 말을 수십 번도 넘게 외쳤다. 친구에게 진심이 전달되기를 바라면서.

'괜찮지 않아도 괜찮아. 애써 괜찮다고 하지 말아줘.'

나조차도 괜찮다는 말을 늘 입에 달고 살았다. 힘들지만 힘들지 않은 척, 우울하지만 애써 웃음을 지은 적, 혼자 있고 싶으면서도 모임에 나간 적…. 괜찮다고 말해서 괜찮아질 수 있다면 나는 진작 괜찮아졌을 것이다.

지금껏 혼자가 되는 것이 두려워 끊임없이 관계를 이어 나가려고 노력했다. 괜찮다고 말하면서 솔직한 내 감정을 외면하고 겉으로 하나둘씩 위장막을 쌓아 올렸다. 그때는 몰랐다. 남은 속일 수 있지만 나는 속일 수 없다는 사실을.

자신과의 관계를 놓치지 않았으면 한다.
애써 괜찮다고 말하지 않았으면 한다.
괜찮지 않아도 괜찮다.

우리도 우리를 모르고

“물 흐르듯 살아. 쫌!”

네가 어떤 마음으로 내게 이 말을 건넸을지 나는 안다. 사소하다 싶은 고민도 쉽게 지나치지 못하고 마음 쓰며 끙끙 앓는 내가 안쓰러워 보였을 것이다. 하지만 흐르는 대로 살라는 말은 말처럼 쉬운 게 아니다. 적어도 내겐 그렇다. 네겐 복잡해 보일지 몰라도 내겐 이 또한 자연스러워 보였으니.

흐르는 물에도 세월은 존재한다. 물고기의 유영, 잘게 부서지는 빛, 그늘진 이끼, 물살에 맞춰 흐르는 나뭇잎, 묵묵히 자리를 지키는 바위, 휴가철 사람들의 웃음소리, 무르익은 가을엔 늘어나는 눈빛, 잠시 멈춤이 필요한 겨울부터 기지개를 켜는 봄까지. 그들이 함께한 세월은 이토록 깊다.

가끔 마음이 범람하여 혼란스럽더라도 마음이 가는 대로 내버려 두려 한다. 친구의 말마따나 세상 걱정 혼자 다 짊어지고 산다고 하나, 너에게도 분명 너의 고민이 있을 터. 나는 그 마음을 알지 못한다.

화분에 갇힌 식물도 사람의 손길을 필요로 하는데 사람 마음은 오죽할까. 나는 그 마음을 간직하려고 한다. 생각이 많은 사람은 바람에게 행선지를 묻지 않고 걱정이 많은 사람은 새를 새장에 가두지 않는다.

심목일

봄을 만끽하고자 등산을 다녀왔다. 동네에 작은 산이 있는데 높지는 않지만 가볍게 오를 산은 아니다.

산행 도중에 나는 자주 발걸음을 멈췄다. 낯설지만 정겨운 소리가 들렸다. 콘크리트에서 벗어난 흙길에서는 사각사각하는 소리가, 평지가 아닌 오르막에서는 헐떡이는 숨소리가, 오랜 겨울이 지나 봄이 온 가지에서는 꽃이 피고 여기저기서 웃음소리와 카메라 셔터 소리가 가득했다.

산을 오르는 사람들은 모두 군데군데 핀 진한 분홍색의 진달래에만 관심을 보였다. 그들의 시선과 달리 나는 빈 가지들에서 시선을 거두지 못했다.

여전히 지난 계절에 머물러 있는 가지들을 바라보며 모두 같은 날 꽃을 피우지 않아도 된다는 사실에 약간의 안도를 느꼈다.

4월 5일. 어떤 이는 나무를 심었고,

나는 올라가 마음 한 그루를 심었다.

무지개의 마음

어느 날 조카가 내게 달려와 호기심 가득 찬 눈빛으로 "삼촌! 무지개는 어떻게 생기는 거야?"라고 물었다.

나는 별생각 없이 "비가 오고 나서 햇빛을 받으면 생기는 거야"라고 대답했는데, 조카 녀석이 "아니! 나도 그건 알아. 그러니까 왜 비가 오면 생기는 거야?"라고 따지듯 되물어서 크게 당황했다. 사실 그때 내가 당황했던 것은 조카의 거친 말투가 아니라 초등학교 과학 시간에 배운 '프리즘'이란 용어가 생각이 안 나서였다. 하필 핸드폰은 아까 물을 마시면서 식탁 위에 두고 왔고 조카 녀석의 눈빛은 점점 불신으로 변하고 있었다.

하지만 아무리 생각해도 도무지 그 단어가 떠오

르지 않았다. 나는 줄곧 '멋진 삼촌'으로 불려왔는데, 이 한순간으로 '멍청이 삼촌'이 되는 것은 상상조차 하기 싫었다. 기지를 발휘해야 했다. 그 순간 누나가 했던 말이 떠올랐다.

"민재는 상상력이 풍부한 아이라고 유치원에서 그러더라. 또래보다 감정을 표현하는 게 능숙하다고. 그리고…."

나는 어설픈 과학 지식을 전달하기보다 차라리 문학 감성을 전해야겠다고 생각했다.

"민재야. 하늘에서 비가 내리는 날에는 이 세상에서 누가 슬퍼서 울고 있는 거야. 그때 민재도 비를 보면서 같이 슬퍼해 줘야 해. 혼자 울고 있으면 그 사람이 얼마나 외롭겠어. 그렇지?"

내 작전이 먹혀들었는지, 조카는 사뭇 진지한 얼굴을 하고선 고개를 끄덕였다.

"그리고 눈물이 멈추고 슬픔이 사라지면 하늘에서 함께 슬퍼해 준 사람들에게 무지개를 선물해주는 거야."

민재는 선물이란 말에 두 손을 모아 자기 가슴에 올렸다.

"그림책에서 무지개 봤지? 무지개는 무슨 색이 있더라. 빨간색, 주황색, 노란색…"

그러자 민재는 남은 무지개의 색을 따라 말했다. 나는 이쯤이면 충분히 설명됐을 거로 생각했는데, 민재는 여전히 두 손을 모으고 있었다. 무언가 더 기대하는 모습이었다.

"사실 선물은 무지개가 아니라 무지개 안에 있는 마음들이야. 일곱 개의 마음. 빨강은 사랑, 주황은 용기, 노랑은 지혜, 초록은 성실, 파랑은 자유, 남색은 가족, 보라는 행복. 슬픈 날이 지나면 이 마음을 선물로 받을 수 있을 거야. 그러니 민재도 앞으로 비가 오면 하늘을 보면서 함께 슬퍼해 줘야 해. 그러면 민재가 혼자 울고 있을 때에도 누군가 함께 울어줄 거야."

내 말이 끝나자 민재는 자신의 스케치북에 무지개를 그리기 시작했다. 새하얀 하늘에 고사리 같은 손으로 사랑, 용기, 지혜, 성실, 자유, 가족, 행복을 순서대로 색칠했다. 무지개를 완성하자 민재는 스케치북을 보여주면서 자랑을 했다. 그러고는 "삼촌은 무지개를 본 적 있어?"라고 질문했고, 나는 목에 힘을 주며 “그럼. 본 적 있지!”라고 대답했다. 민재는 뒤돌아서서 방 안에서 쉬고 있는 엄마에게 달려갔다. 자신의 몸통만 한 스케치북을 꼭 쥐고서 멀어지는 아이의 뒷모습을 보고 있으니 마음이 짠해졌다.

사실을 말해주어야 할까. 삼촌은 요즘 무지개를 못 본다고.

그러나 어린아이에게 현실을 일깨워주는 것만큼 잔인한 일도 없다고 생각했다. 상상력이 풍부한 아이를 미술 학원에 보낼까 고민하는 누나처럼.

‘민재야. 삼촌은 요즘 비 내리는 날이 많아. 사람들이 많이 슬픈가 봐. 사는 게 많이 힘들 거야. 너는 아직 잘 모르겠지만, 어른들은 사실 자주 울어. 그런데 혼자 살아가는 것도 버거워서 함께 울어줄 수가 없어. 그래서 어른들은 무지개를 선물 받지 못하나 봐.’

당신에게 묻고 싶은 밤

청소기를 돌리려고 했는데 전원이 들어오지 않았다. 전원 플러그를 다른 곳에 꽂아도 마찬가지였다. 분명 어제까진 됐었는데, 괜히 애꿎은 전원 버튼만 눌러 댔다.

"청소기가 안 돼."

나는 어머니에게 이 사실을 알렸다.

"안 그래도 새 청소기 주문했어. 내일이면 도착할 거야."

어머니는 마치 오늘 청소기가 작동이 안 될 거라는 것을 미리 알고 있었다는 듯이 말했다.

10년 동안 사용했던 청소기는 자신의 본분을 다

하고 생을 마감했다. 나는 내일 맞이할 새 제품보다 지금까지 함께한 옛 제품에 대한 아쉬움이 컸다. 5년 전부터 나는 청소기를 쓸 때마다 새것으로 바꾸자고 얘기했었다. 예전보다 흡입력이 부족해서 한 번만 왔다 갔다 해도 될 일을 두세 번 해야 해서 여간 성가셨기 때문이다. 전부터 나는 늘 새것을 원해 왔는데, 막상 오늘이 되니 이렇게 될 줄 알았으면 '조금만 덜 불평할 걸' 하는 아쉬움이 들었다.

한편으로 나는 어머니가 미리 새 청소기를 주문했다는 사실이 신기했다.

"새 청소기는 언제 시킨 거야?"

"엊그제쯤?"

"왜? 청소기가 오늘 작동이 안 될 거라는 걸 미리 알고 있기라도 한 거야?"

나는 이렇게 말하면서도, 어머니가 예언가도 아닌데 무슨 말도 안 되는 상상을 하고 있나 싶었다. 입술 사이로 피식 웃음이 새어 나왔다. 하지만 어머니의 대답을 듣는 순간 내 입술은 굳게 다물어졌다.

"기계든 사람이든 지쳐가는 소리는 똑같단다. 그

소리를 얼마 전에 청소기를 돌리다가 듣게 됐고, 이젠 얼마 안 남았겠구나 싶었지."

어머니의 말은 내게 큰 울림으로 다가왔다. 지쳐가는 소리라니. 살면서 한 번도 생각해본 적 없었다. 나는 그 소리의 정체를 알지 못했다.

지쳐가는 소리는 어떤 소리일까?

나는 "지쳐가는 소리는 어떤 소리가 나?"라고 물었고, 어머니는 "언젠가 자연스레 알게 되는 순간이 있을 거야. 지쳐 본 사람은 알게 된단다"라고 말했다.

'지쳐 본 사람은 알게 된단다.'

어머니는 지치신 걸까. 부모란 존재는 점점 지쳐가는 걸까.

예전에 어머니가 방 안에서 혼자 우시는 걸 들었던 적이 있다. 그때 방문을 열고 어머니를 안아드렸어야 했는데 차마 용기가 나지 않았다. 언젠가 한번은 마주 앉은 식탁에서 어머니의 눈빛이 흔들리는 걸 본 적이 있다. 가정 형편이 확 기울었을 때였다. 그때 나는 아들로서 함께 이겨내자고, 나도 돕겠다고 말을 건넸어야 했는데, 그 눈빛을 묵시하고 말았다.

부모는 자식에게 힘듦을 표현하지 못한다. 부모란 사랑도 위로도 챙김도 건네주는 쪽에 서 있기 때문이다. 그래서일까. 나는 어머니가 견디고 있는 무게가 솔직히 겁이 났다. 도무지 그 무게를 감당할 자신이 없었다. 부모. 그 이름이 가진 무게를 나는 감히 헤아릴 수 없었다.

지쳐가는 소리를 알고 싶었다. 지쳐 본 사람만 들을 수 있는 그 소리를 듣고 싶었다. 그럴 수만 있다면 어머니를 그 시간 속에서 혼자 두지 않을 수 있겠다고 생각했다.

어머니는 그날 처음으로 청소기의 지쳐가는 소리를 들었을 때 어떤 마음이었을까. 혹시 조금만 더 힘내라고 말을 건넸을까. 힘들면 그만 쉬어도 된다고 하지 않았을까. 어쩌면 이 마음을 당신이 답해 줄 수 있을지도 모르겠다.

어떤 말을 듣고 싶었냐고
당신에게 묻고 싶은 밤이다.

우리는 가장 빛나는 순간을 살고 있다

잘하고자 하는 마음이 사소한 일로 무너지기도 한다. 알아가고 싶은 사람이 가벼운 오해로 멀어지기도 한다. 최선이라는 말 앞에서 자주 넘어질 테다. 안 되는 일은 무엇을 해도 나의 것이 되지 않고, 되는 일은 무심함 속에서도 이루어진다.

넘어지고 무너져도 자신을 미워하지 않았으면 한다. 힘들어도 다시 한번 일어나려고 애쓰던 너의 모습을 대견하게 여겼으면 좋겠다.

너는 너의 시간 속에서 가장 빛나는 순간을 살고 있다고. 여름이 오기 전 꼭 말해주고 싶었다.

투명한 술잔

밤 12시와 0시. 어제와 오늘의 경계선. 누군가의 하루는 지나갔고 누군가의 하루는 머물러 있는 시간.

전화벨이 울린다. 십년지기 친구의 전화였다. 혼자 술을 마시고 있다는 그의 전화에 "금방 갈게"라는 말을 하고 전화를 끊었다. 막차가 끊긴 시간이라 택시를 탔다.

술집에 도착하자, 이미 소주 한 병을 비운 친구는 나를 보고 머쓱한 웃음을 지으며 고맙다는 말을 건넸다. 나는 종업원에게 소주 한 병과 소주잔을 달라고 부탁했다.

오랜 세월을 함께한 만큼 우리는 서로에 대해 잘 안다. 친구는 아버지의 부재에 자신이 기꺼이 그 무게를 짊어졌다. 할 수밖에 없는 현실과 벅찬 현실 사이에 놓인 그를 바라볼 때마다 밤 12시와 0시는 그의 삶에 존재하지 않을 수 있겠다고 생각했다.

우리는 말없이 서로의 빈 잔을 채웠다. 나는 애써 묻지 않았고 친구는 애써 말하지 않았다. 어색한 침묵이 남긴 빈자리에 술잔을 채우고 그 투명한 술잔에 각자의 사연을 담아 잔을 부딪치고 목구멍으로 털어 넘겼다. 술잔은 비워지고 술병은 늘어났다.

술을 마시다 보면 어느 순간 술이 나를 마시고 있다는 기분이 든다. 우리는 작은 신, 소주에게 기어이 영혼을 바치고 그 대가로 생의 무게를 잠시 잊는다.

우리는 결국 거나하게 취했다. 하지만 이 시간이 영원할 수는 없는 현실이다. 우리는 자리에서 일어났다. 친구가 술값을 계산하고 함께 밖을 나섰다. 친구는 택시를 타기 전에 담배를 태웠다. 나는 말없이 서서 그가 내뿜는 긴 담배 연기를 바라봤다. 희뿌연 담배 연기가 허공 속으로 흩어지기를 반복했다.

친구를 먼저 택시에 태웠다. 그는 택시 문을 열고 머쓱한 웃음을 지으며 고맙다는 인사를 건넸다. 나는 잘 가라는 말 대신 오른손을 흔들었다. 친구를 보내고 뒤이어 오는 택시를 잡았다. 집으로 달리는 택시 안에서 그와 함께 맞부딪쳤던 투명한 술잔에 대해 생각했다.

우리는 저마다 하나의 슬픔쯤은 가슴에 묻어 두고 살아간다. 그리고 제각기 다른 사연을 술잔에 채운다. 혹시나 아픔의 색이 존재한다면, 나는 애써 친구를 위로했을지도 모른다. 하지만 애써 하는 위로의 말은 마음에 닿지 않는다.

어쩌면 투명한 술잔은 이미 알고 있었는지도 모른다.

마음의 열쇠

퇴근 후 지친 몸으로 터덕거리며 집을 향해 걸어가고 있었다. "야! 너는!" 갑작스럽게 들려온 큰소리에 흠칫 놀라 고개를 돌려 소리가 들려온 방향을 쳐다봤다. 그곳에는 두 남녀가 서 있었다. 초저녁인데도 아직 해가 저물지 않아 그들의 표정을 뚜렷이 볼 수 있었다.

호통을 친 사람은 남자였다. 누가 봐도 화가 많이 나 보였다. 눈빛은 분노로 이글거렸고 흥분을 해서인지 입 주변 근육이 파르르 떨리고 있었다. 반면에 여자는 팔짱을 끼고 있었고, 눈에는 실망과 원망이 가득 서려 있었다.

남자의 충동적인 행동으로부터 여자를 보호해 주

고 싶었던 것일까? 나는 두 귀를 쫑긋 세우고 남녀의 시야를 살짝 벗어난 거리 밖에서 대화를 좇았다. 둘은 마치 이 거리에 자신들밖에 존재하지 않는 듯 서로를 매섭게 쳐다보고 있었다.

남자는 굵은 목에 핏대를 세워가며 여자를 쏘아붙였다. 이와 대조적으로 여자는 막무가내인 남자를 차갑게 올려다볼 뿐 팔짱을 유지한 채 어떤 말도 하지 않았다. 여자는 답답한 듯 짜증 섞인 한숨만 내쉬었다.

"넌! 내가 짐승 같니? 섹스를 하자는 것도 아니고, 이 정도도 못 해?"

남자의 입에서 지극히 사적인 이야기들이 가감없이 터져 나왔다. 퇴근길 강남역 한복판에서. 이미 남자의 이성은 마비된 듯했고, 여자는 부르르 떨며 어찌할 바를 몰라 하고 있었다. 손에 무엇이라도 들려 있었다면 아마 남자를 향해 휘두르고 싶었을 것이다.

폭풍같이 몰아치던 남자의 목소리가 잦아들었다. 조금씩 이성을 찾아가면서 애써 목소리를 정돈하는 남자의 귓불이 붉게 달아올라 있었다. 그때 철옹성 같이 견고해 보였던 여자의 팔짱이 스르르 풀렸다.

마침내 그녀의 시간이 왔다. '반격이 시작될까?' 했지만, 그녀는 말을 떼기도 전에 눈물을 먼저 보였다. 오른 손등으로 뺨 위에 흐르는 눈물을 번갈아 닦으며, 그녀는 떨리는 목소리로 말을 내뱉었다.

"꼭 이렇게 대화를 해야 해? 네가 날 이렇게 만든 거야."

그 목소리엔 저주에 가까운 비난이 실려 있었다. 둘은 여전히 서로를 노려보고 있었고, 굳어버린 둘 사이로 시간만 흘렀다.

나는 이내 집으로 발길을 돌렸다. 발걸음은 그리 가볍지 않았다. 집으로 가는 동안에도 그들의 잔상이 아른거렸다.

날을 세워 서로를 비난하고 상처받길 반복하면서도 치유가 아닌 적당한 타협으로 봉합해온 그들의 세월이 눈앞에 그려졌다. 밖을 겉도는 그들의 대화를 듣고 있자면 이들의 앞날도 오늘과 같은 악몽의 반복을 피해 갈 재간이 없어 보였다.

겉으로 드러난 그들의 문제는 부부 사이에서 허용될 수 있는 자연스러운 육체적 관계의 '선'이다. 그러나 서로의 허용치가 다른 데서 오는 문제는 절대 육체적이지 않다. 몸을 여는 열쇠는 마음에 있기 때문이다. 분명 서로의 손길이 닿지 않을 만큼 마음의 거리가 멀어진 사연이 있을 것이다.

그들에게는 '속 대화'가 필요하다. 대화는 입으로만 하는 것이 아니다. 상대의 몸과 마음이 보내는 신호를 감지하고 그 이면을 이해하려는 태도가 대화의 기술이라면 기술일 것이다. 입이 하나인 이유는 깊게 생각하고 무겁게 뱉으라는 의미이지 않을까.

남녀의 짧은 대화 속에서 덧나기만 하는 그들의 상처가 따갑게 전해져 온다. 심연의 상처를 건드리는 것이 두려워 서로 적당한 상처를 안고 가고픈 그 심정을 이해한다. 대면하지 못하면 변하지 않는다는 것을 나도 당신도 실은 알고 있으니까.

그리움의 계절

점심을 먹고 커피를 사러 밖을 나섰다. 집 앞에 있는 커다란 느티나무가 오늘따라 새삼 커 보였다. 그때 새 두 마리가 날아와 볕이 들지 않는 나뭇가지에 걸터앉았다. 오랜 비행으로 지쳐 보였다. 하지만 그들은 그리 오래 쉬지 못했다. 근처에서 놀고 있는 어린아이의 "꺄-" 하는 우렁찬 소리에 놀라 서둘러 먼 곳으로 파닥거리며 멀어졌기 때문이었다.

나는 카페로 발걸음을 옮겼다. 신호를 기다리는 동안 한 마리의 새가 힘차게 하늘을 날고 있는 모습을 바라보았다. 새의 날갯짓에는 조급함이 없어 보였다.

직접 독서 모임을 운영하고 있는데, 이번 주 선정

도서는 김초엽 작가의 『우리가 빛의 속도로 갈 수 없다면』이라는 소설이었다. 이 책은 나에게 많은 질문을 남겨 주었지만, 그중에서 '그리움'이라는 감정에 대해 깊게 사유하게 했다.

그래서일까. 나는 오늘 만난 새들을 떠올리다 '새는 나무를 그리워할까? 계절을 그리워할까?' 하는 생각이 들었다. 그때 주문한 커피가 나왔고, 나는 한 손에 커피를 쥔 채 집으로 발길을 돌렸다.

새는 나무도 계절도 그리워하지 않을 것이다. 새는 함께 날갯짓하던 새를 그리워할 것이다. 그 순간에 함께 앉아 노래를 불렀던 나무가 있었을 것이고, 선선한 바람에 날기 좋았던 계절이 있었을 것이다. 그럼 나무는, 계절은 무엇을 그리워할까. 그러자 다시 집 앞에 있는 커다란 느티나무가 보였다.

나무는 사람의 손길을, 계절은 사람의 눈빛을 사랑했었구나 싶었다.

지금과 다음 사이엔 그리움이 존재한다. 그리움

을 껴안고 앞으로 나아갈 것인지, 껴안은 채 잠시 머무를 것인지는 선택하는 자의 몫이고, 사랑이 지금이라면 이별은 다음이 되어버리는 것이다.

새와 사람이 사는 방식은 크게 다르지 않았다. 다만 새의 날갯짓은 가벼웠고 내 발걸음은 무거웠다.

너는 자라 네가 되길

어린이집 앞을 지나갈 때였다. "안녕히 계세요!" 힘찬 어린아이의 목소리가 내 시선을 빼앗았다. 엄마와 딸이 마중 나온 선생님에게 인사를 하고 있었다. 엄마는 인사를 건네고 난 뒤 허리를 굽혀 딸과 시선을 맞췄다.

오늘 하루가 어땠는지 묻는 엄마의 질문에 딸은 밝은 목소리로 행복했다고 대답했다. 딸의 목소리에는 도무지 지칠 기색이 보이지 않았다. 행복에 지치지 않는 딸과 그 딸을 바라보며 새로운 행복을 얻은 엄마는 손을 뻗어 아이의 손을 마주 잡았다. 마스크를 쓴 두 모녀의 얼굴을 볼 수는 없었지만, 서로를 바라보는 눈빛은 그 무엇으로도 가릴 수 없어 보였다.

딸은 엄마에게 오늘 있었던 일들을 설명하는 것처럼 보였다. 자세히 들리지 않았지만, 희미하게 '춤을 췄다, 그림을 그렸다, 함께, 같이' 같은 말들이 들려왔다.

"나은(가명)이는 커서 뭐가 되고 싶어?"

"텔레비전에 나올 거야!"

"나은이는 텔레비전에 나와서 뭐 하고 싶은데?"

그때까지 나는 딸이 아이돌이나 연예인이 되고 싶다고 대답할 줄 알았다. 그러나 내 예상은 빗나갔다.

"사람들에게 웃음을 선물해줄 거야."

수줍게 대답한 딸의 말을 듣고서 엄마는 순간 걸음을 멈춰 나란히 걷던 딸을 내려다보았다. 엄마는 생각에 잠긴 듯 보였다. 잠시 후 엄마는 7월의 더운 날씨임에도 불구하고 무릎을 굽혀 딸을 꼭 껴안아 주었다.

"엄마도 나은이 덕분에 행복하니까 나중에 나은이가 꼭 텔레비전에 나와 사람들에게 웃음을 선물해줬으면 좋겠다."

그들은 주거지가 많은 골목으로 발길을 돌렸다. 나는 그들의 멀어지는 뒷모습을 멀리서 지켜봤다. 아름다움이 점점 멀어지는 모습을. 행복에 지칠 줄 모르는 딸과 딸에게 행복을 선물 받은 엄마의 모습을.

나는 그들의 대화를 곱씹었다. 그들이 남긴 여운은 한여름의 햇살보다 강했다. 딸의 대답을 듣고 걸음을 멈춘 엄마의 마음은 어땠을까. 놀이터에서 뛰어놀던 어린 자신의 모습을 떠올렸을까. 하루빨리 어른이 되고 싶다고 생각하며 친구들과 떡볶이를 먹던 모습을 떠올렸을까. 자신의 세월을 돌이켜 앞으로 살아갈 딸의 모습을 그렸을까.

행복을 간직하는 것이 얼마나 힘든 일인지. 웃음을 잃지 않는 것이 얼마나 어려운 건지. 어린아이의 꿈이 부디 차가운 현실의 벽 앞에서 무너지지 않았으면 했다. 나 역시 간절했던 꿈을 포기해야만 했었으니까.

아이는 알까. 정말 행복할 땐 눈물이 먼저 흐르고 정말 힘들 땐 눈물이 마른다는 사실을.

'너는 자라 내가 되겠지. 겨우 내가 되겠지.'

김애란 작가님의 단편 소설 『서른』의 한 문장을 빌려 아이의 꿈을 응원해본다.

'너는 자라 네가 되길. 부디 너로서 네가 되길.'

네 진짜 마음이 뭐야?

새벽 1시쯤 친한 동생에게 전화가 걸려 왔다. 우리 관계는 군대에서부터 시작되었다. 그는 내 맞후임으로 들어와 1년 6개월이 넘는 세월 동안 나와 함께했다. 욕도 많이 하고 싫은 소리도 엄청 했는데 유난히 나를 잘 따랐다. 우리는 전역 후에도 계속 연락하면서 지냈다. 항상 뜬금없이 연락이 왔고 나는 그것이 좋았다.

전화를 받았는데, 그는 아무 말도 하지 않고 깊은 한숨만 연달아 내쉬었다. 가끔 혼자 우울하다고 연락이 올 때도 있었지만, 오늘처럼 무거운 전화는 처음이라 나도 무슨 말을 해야 할지 몰랐다. 더군다나 이전에 두 차례 연락이 왔을 때는 오늘과 사뭇 달랐기 때문이었다.

약 한 달 전에 동생에게 전화가 왔었다. 지금 친구들과 3박 4일로 일본 여행을 갔다가 막 한국에 도착했는데 형 생각이 나서 연락했다고. 그는 일본이 정말 좋아서 다음에 또 갈 거라며 굉장히 들떠 있었다. 그리고 2주 전에 또 한 번 전화가 왔었다. 다짜고짜 그는 "형! 나 일본에 다시 가려고."라고 다급하게 말했다. 당황한 나는 "갑자기?"라고 대답했고 그는 "갑자기"라는 말과 함께 일하러 가야 한다면서 급하게 전화를 끊었었다. 그렇게 목소리에서 살아 숨 쉬는 게 느껴졌던 그가 돌연 새벽 1시에 전화를 걸어 한숨만 내쉬고 있으니 걱정이 될 수밖에 없었다. 무슨 일이 있는 것인지 물어보려다가 일단은 이 어색한 정적을 깨기로 했다.

"어이, 일본 간다고 하더니 설마 지금 일본인 건 아니지? 해외라서 그런가? 전파가 약해서 그런지 한숨밖에 안 들리네."

나는 시시껄렁한 농담을 던졌다. 그 농담은 다행히도 효과가 있었다. 동생은 한참 깔깔 웃더니 이윽고 말을 했다.

"역시 형이네. 아직 한국이야. 뭐해?"

"작업하다가 슬슬 집에 가려고 정리하고 있었지. 그나저나 무슨 일이야?"

"술 먹었는데 형 생각나서 연락했지."

"술 좋지. 무슨 일이야? 얘기해 봐."

그는 자신의 감정을 솔직히 드러내지 못하는 사람이다. 군대에서부터 그랬다. 힘든 일이 있어도 티를 내지 않으려고 노력했지만, 번번이 나에게 걸렸었다. 그리고 이번에도 먼저 물어보지 않으면 얼렁뚱땅 넘어가려고 하는 속셈이 보였다.

"사람들은 나를 왜 이해해주지 않을까?"

그 질문이 낯설지 않았다. 그리고 나는 말했다.

"이해받을 필요 없어. 네가 하고 싶은 대로 해."

한동안 동생은 자신의 속사정을 얘기해 주었고, 나는 몰랐던 사실을 알게 되었다. 그가 일본에 다시 간다는 의미는 여행이 아니라 워킹홀리데이를 간다는 뜻이었다. 갑작스러운 그의 발언에 당황했지만, 티를 내지 않았다. 그의 이야기가 아직 끝나지 않았기 때문이다.

"친구들은 나를 이해해주지 못해. 아니, 이해하

려고 하지 않아. 누구도 내 마음을 알려고 하지 않았어. 무모하다는 말만 되풀이할 뿐. 그놈의 계획이 뭐길래!"

"계획?"

"나를 걱정한다면서 정작 내 진심을 들으려 하지 않고 내 계획에만 관심이 있었어. '어떻게'라는 말만 되풀이할 뿐 '왜'에는 관심도 없었지. 지금 밤낮으로 일하면서 일본어 공부는 어떻게 할 거냐? 집은 어떻게 구할 거냐? 일본 말도 못 하면서 가서 일은 어떻게 구할 거냐? 잘 알아보려고 하지도 않고 어떡하려고 그러냐… 그러다가 중간에 술자리에서 도망 나왔어. 누구도 내 마음을 알려고 하지 않았거든."

애절하면서도 분노가 섞인 그의 말이 수화기에서 전해져 오는 내내 몸이 바위처럼 굳어졌다. 그의 목소리에서 내 모습이 그려졌기 때문이다.

"네 진짜 마음이 뭐야? 사실 나도 좀 이르다고 생각해."

나조차도 그의 성급한 계획이 무모하다고 생각했다. 워킹홀리데이를 다녀온 사람은 안다. 제대로 준비해도 고생하는 게 타지 생활이다. 하물며 말도 안 통하는 외국으로 가는데 조금 신중할 필요가 있다고 생각했다. 하지만 그의 '진짜 마음'을 듣고서 나는 고개를 끄덕일 수밖에 없었다.

"맞아. 좀 이르지. 형, 나는 예전에 정말 간절했던 꿈이 있었어. 하지만 잠시 머뭇거리다 결국 놓치고 말았어. '조금만 용감할걸. 왜 겁냈을까. 왜 남의 시선을 신경 썼을까' 하면서 매일 후회했었어. 그래서 이번에는 놓치고 싶지 않아."

그러고 나서 동생은 내일 일찍 일어나 일을 가야 한다며 이만 자야겠다고 인사를 건넸다. 마음을 물어봐 줘서 고맙다는 말과 함께. 나도 마지막 말을 건넸다.

"지금 그 마음을 잃지 않았으면 좋겠다. 일본에 가서도 지금처럼 언제든지 연락해. 기뻐도 슬퍼도 힘들어도 언제든지."

통화가 끝났어도 그의 진심이 여전히 내 가슴을 뜨겁게 하고 있었다. 나도 한때 두려웠지만 용기를 냈었던 적이 있다. 아마 지금 내가 이렇게 글을 쓸 수 있는 것도 그때 그 무모한 결정 때문이지 않았을까.

3년 전에 나는 호주로 워킹홀리데이를 갔다 왔다. 사실 처음부터 이민을 꿈꾸고 떠났었다. 친척의 가까운 지인이 호주로 이민을 가서 살고 있었으므로 호주 생활에 큰 도움을 줄 수 있다는 점과 3년간 미국 유학 생활을 바탕으로 외국 생활이 나에게 더 맞는다고 생각했기 때문이었다. 물론 큰외삼촌께서 먼저 제안하셨고, 가족 역시 내가 가길 바랐었다. 그 당시 나를 아는 모든 사람들이 나의 결정에 엄청난 지지를 보냈다. 물자지원도 후하게 받았었다. 그렇게 나는 호주로 떠났다.

호주에 도착해서 친척의 지인을 만났는데, 막상 한국에서 들었던 이야기와 호주의 상황은 달랐다. 앞길이 막막했다. 그때 배운 게 있다면 인생은 결국 혼자이기에 남을 의지하거나 기대하지 말라는 것이었다. 한국에 있을 때 나름 '호주 워킹홀리데이'와 '호주 이민'에 대해서 인터넷 검색도 하고 책도 사서 읽고 했었지만, 이 안일한 생각은 호주 생활을 하는 동안 곳곳에서 드러났다.

하지만 내가 가장 힘들었던 점은 언어도 문화 적응도 아니었다. 이민이 문제였다. 내가 생각했던 이민은 현실적으로 너무도 달랐다. 이민은 거칠었으며 생존이었다. 역시나 그때 안일함이 불러들인 착오였다. 건강에도 문제가 있었다. 원래 기관지가 약해 한국에서도 쉽게 감기에 시달렸었는데 호주에서는 더욱 심했었다. 지역 특성상 꽃가루와 먼지가 한국보다 많은 호주에서 증상은 더욱 과민하게 반응했다. 여러 이유로 나는 석 달 만에 한국으로 돌아가야겠다고 마음을 먹었다.

그 순간, 떠날 때 나를 믿어주고 응원해준 가족과 친척들이 생각났다. 그들의 기대를 저버린다는 생각에 마음이 썩 내키지 않았다. 그렇게 나는 한 달 정도 더 참아보기로 했다. 하지만 그 결정에 '나'는 없었다. 다른 사람의 시선과 생각을 의식했던 것이었다. 이미 돌아선 내 호주 생활은 나를 더욱 불편하게 하고 불행하게 했다. 몸은 더욱 아파갔다.

그로부터 한 달이 지났다. 결국 나는 부모님에게 진심을 전하고 한국으로 돌아왔다. 처음 진심을 전하기까지 일주일이 걸렸다. 수많은 걱정과 부담감이 나를 짓눌렀다. 그때마다 겁에 질려 끝내 전화기를 내려놓았다. 용감하지 못한 내가 부끄러웠다. 나보다 남을 먼저 생각하는 내가 미련해 보였다. 하지만 막상 진심을 전했을 때 부모님은 나의 진심을 헤아려주셨다. 그때 어머니께서 해주신 말이 아직도 귀에 맴돈다.

"많이 힘들었겠구나. 엄마는 네가 충분히 고민하고 결정했을 거라 믿는다. 너의 마음이 그렇다면 그렇게 하도록 해."

아마 그때 용기를 내지 못해, 끝내 전화를 하지 못했다면 지금의 나는 없었을 수도 있다. 또 한 번 후회 속에 갇혀 허우적대고 있었을 것이다.

나도 당신도 많은 걱정을 안고 살아간다. 내 마음보다 남의 마음을 바라보고 있는지도 모른다. 지난 삶을 돌아봤다. 머뭇거리다 놓친 꿈과 사람이 생각난다. 역시나 한 번쯤은 용감해 볼 필요가 있다. 남이 봤을 때 무모하고 무식할 정도로 말이다.

때론 미친 척하고 딱 20초만 용기를 내볼 필요도 있어. 진짜 딱 20초만.

창피해도 용기를 내는 거야. 그럼, 장담하는데 멋진

일이 생길 거야.

– 영화 〈우리는 동물원을 샀다〉

용기를 낸다는 것은 어쩌면 가장 나다워지는 것이지 않을까. 가끔은 생각보다 마음을 따르는 게 무모할지도 모르지만 가장 나답게 사는 것이지 않을까. 남이 아니라 나답게 살고 싶다.

동생의 진심처럼 진심은 언제나 뜨겁다. 그래서 나는 나를 뜨겁게 하는 것을 따르기로 했다. 동생의 진심과 내 진심이 당신의 진심에도 닿기를 바란다.

가장 잃고 싶지 않은 것

이번 독서 모임의 선정 도서는 김초엽 작가의 『우리가 빛의 속도로 갈 수 없다면』이었다. 소설 속에서 감정을 담은 물건을 사고파는 '이모셔널 솔리드'에 대한 이야기를 나누다가, 나는 다음과 같이 질문했다.

"살면서 단 하나의 감정을 살 수 있다면 어떤 감정을 사시겠어요?"

그들 중 누군가 '설렘'을 소유하고 싶다고 하자 대부분이 설렘을 골랐다. 예상치 못한 반응이었다.

"그럼 최근에 설렜던 순간은 언제인가요?"

나는 되물었고, 그들의 대답을 듣는 순간 가슴 깊은 곳에서 새하얀 나비 한 마리가 너울거리며 꽃밭을 날고 있는 듯한 기분이 들었다.

그들이 설렜던 순간은 저마다 달랐다. 누구는 집에만 있기 답답해서 한강에 갔는데 그때 마주한 풍경에 설렜다고 말했고, 누구는 입사하고 처음으로 사수에게 칭찬을 받았는데 그 순간이 아직도 떨린다고 했고, 누구는 조카의 환한 미소에, 누구는 반려견의 애교에, 누구는 남자 친구의 사랑한다는 말에 설렜다고 말했다.

평생 소유하고 싶은 감정이 사실 이처럼 사소한 곳에서 얻을 수 있다는 것. 무심코 지나칠 수 있는 장면에서 발걸음을 멈추게 된다는 것. 조그만 설렘에 내일을 기대할 수 있다는 것. 삶은 단순하면서도 저마다 다르다는 것. 그리고 "아름다운 곳에서만 예술을 찾지 마라. 네 눈물이 누군가의 슬픔을 닦아줄 것이다"라고 말해주었던 그날 선배의 말이 내가 걷고 싶은 길이 되었다는 것.

그날 우리는 가장 잃고 싶지 않은 것을
가장 갖고 싶어 했다.

마음

빼가 부러지기보다 모퉁이에 부딪혀
멍이 드는 일이 많듯
살다 보면 별거 아닌 일에
우리는 자주 아픔을 느낀다.

시옷처럼 살아도 괜찮겠다

달력의 날짜가 11월로 넘어가고, 찬바람에 노란 잎과 붉은 잎이 떨어지는 모습을 보고 있으니, 자주 마음이 소란하다가도 괜히 허전해지고 놓친 것은 없는지 자꾸만 뒤를 돌아봅니다. 길을 걷다가도 걸음을 멈추고 창문 밖을 내다보다가도 시선을 멈춥니다. 그러다 보니 눈앞에서 신호등이 빨간 불로 바뀌거나 타야 할 버스를 놓칩니다. 멈출수록 기다림은 늘어납니다.

같은 계절이면서 10월은 하늘을 보게 하고 11월은 땅을 보게 합니다. 공평하면서도 불공평하지 않나, 싶습니다. 단풍이 든 풍경은 사진에 담기지만, 낙엽이 진 풍경은 자루에 담깁니다. 한 청소부가 낙엽을

한데 모아 앞으로 나아가면, 뒤따라오던 다른 청소부가 낙엽을 자루에 담습니다.

그 자루에 나무의 한 해가 있습니다. 나무를 바라보던 나의 한 해도 있습니다.

봄에는 벚나무 아래에서 두 남녀가 사랑을 다짐하는 모습을 봤습니다. 사랑 앞에서 쉽게 용기 내지 못하는 여자에게 남자는 사랑을 약속하는 대신 시간을 약속합니다. 시간이 흘러도 사랑이 변하지 않겠다고. 싱그러운 봄바람이 불자 벚꽃 잎이 사방에 흩날렸습니다. 모두가 분홍빛으로 물든 하늘을 바라보았지만, 둘은 여전히 서로의 눈빛을 포개고 있었습니다. 봄 햇살처럼 따스했습니다. 그 모습을 보고 있으니 떨어지는 꽃잎에 끝을 생각하지 않아서 좋았습니다. 벚꽃이 져도 버찌가 맺힐 겁니다. 벚꽃 같은 사랑이 있는가 하면 벚나무 같은 사랑도 있었습니다.

여름에는 녹음이 짙은 느티나무 아래 있었습니다. 그늘진 의자에서 더위를 식히고 있는데, 마주 앉은 할머니께서 이제 막 장을 마치고 돌아가는 할머니를 크게 불렀습니다.

"여, 잠깐 쉬어가! 아이고, 그러다 쓰러져. 어딜 그리 급하다냐. 내일모레 죽을껴?"

"말 좀 시키지 말어. 아휴, 힘들어 죽겄어. 쉬면 병나야."

힘듦을 대하는 방식이 다른 것인지, 쉼을 대하는 방식이 다른 것인지 헷갈렸습니다. 다만, 한 가지 삶의 방식을 얻었다면 힘들 땐 잠시 쉼을 택하는 것도 하나의 방법이지만, 때론 버텨야 헤쳐 나갈 수 있다는 것을 깨달았습니다.

가을에는 아파트 단지 안에 서 있었습니다. 붉게 물든 단풍나무와 샛노란 은행나무와 달리 계절의 변화에 관심조차 없는 소나무도 함께였습니다. 어디에 마음을 두어야 할까, 시인에게 묻고 싶어 이병률 시인의 샛노란 시집 『이별이 오늘 만나자고 한다』를 펼쳤습니다.

마음을 두어야 할 곳은 나무가 아닌 나무를 온전히 바라볼 수 있는 자리였습니다. 그곳에 좋은 사람 데려가라고 하셨습니다. 좋은 사람이라고 하니 생각나는 사람이 있습니다. 하지만 올해는 어렵겠습니다. 책이 나오면 찾아가겠다고 약속했으니 내년을 기다려야겠습니다.

그리고 지금 이곳에 있습니다. 긴 세월 동안 주변 환경에 순응하여 잘 자라온 나무 앞에서 고작 한 해도 적응하기 힘들었다고 푸념을 늘어놓았습니다.

한 해를 되돌아봤습니다. 나름 간절하게 살았습니다. 새로운 도전을 하지 못했지만 적어도 무엇 하나 포기하지 않았고, 사랑을 주고받지 못했지만 상처를 주지도 않았습니다. 나대로 열심히 살았다고 말하고 싶으면서도 주홍빛으로 저물어가는 노을 앞에서 슬픔이 차올랐습니다.

나무를 간직한 세월은 시옷을 남겼습니다. 시간과 사랑, 삶과 쉼, 시와 사람, 그리고 슬픔. 남겨진 시옷들을 바라보면서 시옷처럼 살아도 괜찮겠다는 생각이 들었습니다. 공책을 펴내어 차례대로 단어를 적고서 한참을 바라보다가 그 아래 문장을 지어 여백을 채웠습니다. 시간이 변해도 변하지 않을 마음을 담았습니다.

'시간이 흘러도 사랑하는 삶을 살고, 버티다가 지칠 땐 쉼을 내어주어, 시를 읽고 사람을 만나 슬픔을 허락하면 조금은 덜 외롭겠습니다.'

몰랐던 소중함을 알게 되면 그땐 그리움이겠지

흐린 하늘이 그날의 기분이 되는 사람을 만났습니다. 예민해진다기보다 스스로 마음속에 먹구름을 드리워 자주 우는 사람입니다. 눈물과 관련이 있는지 모르겠지만, 온종일 비가 내리는 날이 아니면 우산을 챙기지 않아서 자주 감기에 걸리는 사람입니다. 잠깐 비를 피하겠다고 종일 우산을 들고 다니는 게 더 성가시다는 이유입니다. 불평이 많은 사람입니다. 다른 말로 말이 많은 사람이고, 또 다른 말로 표현이 섬세한 사람입니다. 하지만 종일 비가 내리는 날이면 되도록 말을 하지 않는 사람입니다.

"우리만 힘들지 않을 거야. 자연도 힘들다고 얘

기하고픈 날이 있겠지. 자연은 우리가 힘들다고 얘기할 때 들어주기만 하잖아. 우린 또 제 마음 털어놓았다고 위로받고. 빗소리를 듣고 있으면 괜히 마음이 아파. 분명 슬픈 이야기를 하고 있을 거야. 그러니까 우리 듣고만 있자."

시를 좋아하는 사람입니다. 그것이 인연이 되어 서로를 알게 하고 연인이 됐습니다. 어느 시인을 좋아하냐는 물음에 누구도 편애하고 싶지 않으니 모든 시인을 좋아한다고 말했던 사람입니다. 하지만 그 누구보다 편애편증이 심한 사람입니다. 하나의 단점으로 다른 장점들은 무시한 채 싫다고 하는 사람. 그러나 하나의 장점만으로 대부분 좋다고 하는 사람입니다. 누구나 하나의 장점은 지녔다고 말하는 사람입니다. 그 사람은 남이 모르는 남이 가진 장점을 찾아내는 장점이 있습니다. 나에게는 아픔을 소중하게 간직하는 장점이 있다고 해줬습니다. 그 사람은 남이 가진 단점을 장점으로 바라보는 장점이 있습니다.

언젠가 한 번 시를 써보는 게 어떻겠냐고 물었더

니, "시는 나의 피난처인데, 내가 그곳에 살게 되면 더는 도망갈 곳이 없어"라고 말했던 사람입니다.

일부의 슬픔이 슬픔에 전부가 되는 사람입니다. 하지만 흐린 날보다 맑은 날이 많아 활짝 웃는 사람입니다.

그 사람과 오래 만나지 못했습니다. 이별의 이유는 여느 다른 사랑과 다르지 않았습니다. 그때의 내가 그 사람의 넓이와 깊이를 감당할 수 없었습니다.

흐린 하늘을 볼 때마다 그 사람이 떠오릅니다. 그때 몰랐던 소중함을 하나둘 알게 되어 앞으로 볼 수 없다는 것을 알면서도 마음속에 남은 그 사람이 참 그립습니다.

2부

"오늘 날씨가 참 좋아요"란 말은
어쩌면 "오늘 한 번 볼래요?"를 말하는 건 아닐까.

다정한 사람보다 평범한 연애가 어려울 뿐

일방적인 사랑에 지친 그녀가 몇 시간째 앞에서 울상을 짓고 있다. 연인 사이에 갑과 을이 있다고 믿는 그녀는 어째서 항상 을의 편에 섰는지 알다가도 모르겠다. 그녀가 연거푸 술잔을 비웠다. 천천히 마시라고 말려 봐도 소용없었다. 울다가 마시고, 욕하다가 마시고, 웃다가 마셨다.

"잘해주면 잘해준다고 질리고, 소홀하면 소홀하다고 떠나는 이 개새끼들!"

그녀가 버럭 소리치는 바람에 포장마차 안에 있던 모든 사람이 이쪽으로 따가운 시선을 보냈다. 나는 급하게 그녀를 부축해 일어나 계산을 마치고 가까운 편의점으로 향했다. 숙취 음료 두 개와 탄산음료 하나를 샀다. 숙취 음료 하나는 나중에 챙겨 먹으라고 가방에 넣어 주고, 우린 가까운 벤치로 향했다.

그녀는 사뭇 진지한 어투로 "다정한 사람을 만나서 평범한 연애를 하고 싶어"라고 말했다. 나는 "그래. 꼭 만날 거야"라고 대답해 주었다. 내 말에 그녀는 더 진지하게 "그런데 있잖아. 다정한 사람이라는 건 어떻게 알 수 있어?" 하고 물었다.

다정함의 정도는 애매했다. 뭐든 배려하는 사람일까. 아니면 작은 고마움도 표현하는 사람일까. 상대와 어느 정도 대화를 나누고, 함께 걷다 보면 그 사람이 어떤 사람일 거라는 기준이 생기지 않는가. 다정한 사람은 말과 행동에서도 배려가 느껴지곤 하니까. 어쩌면 그녀는 그런 것들을 쉽게 눈치 채지 못하는 무딘 사람이라는 생각이 들었다. 아니면 척하는 사람들의 속임수에 잘 이용당하는 것일 수도 있겠다.

다정함의 정의를 세워주기보단(그럴 수도 없을뿐더러), 며칠 전 동네 산책을 하다가 마주친 한 장면을 그녀에게 들려주기로 했다.

"길을 걷다가 꽃집 앞에서 서성이는 한 남자를 봤어. 청바지에 흰색 티를 입은 그는 무릎을 살짝 구부린 채로 꽃집 앞에 전시된 꽃들을 보고 있더라고. 흔한 장면은 아니지만 그렇다고 인상 깊은 장면은 아니라고 생각해서 지나치려고 했는데, 그 남자가 점원에게 '지나가다가 예뻐서 선물하려고요'라고 이야기하는 말을 듣고 조금 떨어진 곳에서 그 남자를 지켜보기로 했어. 어떤 특별한 기념일을 축하하기 위해서가 아니라, 평범하게 하루를 보내다가 우연히 마주한 꽃이 예뻐서 누군가에게 선물하려고 가던 길을 멈춘 거잖아. 조금 더 과장해서 의미를 붙이자면 일상을 특별하게 여길 줄 아는 사람이라는 생각이 들더라고. 왜, 가끔 하늘이 너무 예쁜 날이 있잖아. 그럴 때 함께 걷는 무리가 있음에도 가던 길을 멈추고 카메라부터 켜는 사람이 한 명씩 꼭 있더라고.

다정한 사람은 어쩌면 우연히 마주한 아름다움에 기어이 걸음을 멈출 줄 아는 사람이지 않을까 싶어. 아름다움에 걸음을 멈출 줄 아는 사람은 마음을 소중하게 여길 줄 아는 사람이지 않을까. 자신뿐만 아니라 상대를 위한 마음까지도 소중하게 여길 줄 아는 사람. 각자의 삶에서 열심히 살다가도 '보고 싶다' 말 한마디 건네줄 수 있는 사람 말이야. 떨어져 있어도 불안하게 만들지 않고 연락으로 서운하지 않게 하는 거."

모두가 다정한 사람이 될 수도 있지만 누구나 다정한 사람이 되지는 않는다. 어쩌면 연인 관계에서 당연하다고 생각하는 행동들도 저마다의 이유로 "서툴러서 그래"라는 이해를 바라곤 한다. 일방적인 사랑만큼 외로운 사랑도 없다. 떨어져 있을 때 외로운 감정보다 함께 있을 때도 외롭다는 감정은 사람을 무자비하게 짓밟곤 한다. 많은 사랑이 그렇게 짓눌렸다.

평범한 연애를 꿈꾸는 그녀가 왠지 거대한 꿈을 꾸고 있다고 느껴졌다. 평범한 건 말처럼 평범하지 않아 평범할 수 없게 되곤 하니까. 애석하게도 다정한 사람을 만나는 것보다 평범한 연애가 더 어려울 뿐이다.

반쪽 눈물의 의미

힘들다고 누군가에게 털어놓는 게 마치 짐을 덜어내는 듯한 기분이라 어려울 뿐이다. 무엇이든 나누면 배가 된다는 생각이 굳이 불행을 나눠 상대를 곤란하게 만들 필요가 있나 싶기도 하다.

그때 그 말이 아니었다면 난 여전히 감정을 삼키기만 했을 것이다. 표현하지 않는다는 것이 모든 걸 숨길 수 없을뿐더러 상대를 더 불안하게 만든다는 사실을 뒤늦게 깨달았다.

글을 쓰겠다고 다니던 직장을 그만두고 반년이 지났을 무렵이었다. 어떤 글을 쓰더라도 마음에 들지 않아 자신감을 잃어가고 있을 때 갑자기 어머니가 입

원하셨다는 소식을 들었다. 어머니는 뇌신경 쪽에 문제가 생겨 간단한 의사소통을 제외하곤 혼자서 할 수 있는 게 아무것도 없으셨고, 다행히 이직을 위해 잠시 쉬고 있는 동생과 나는 돌아가면서 어머니 곁을 지키기로 했다.

환자복으로 갈아입은 어머니는 응급실에서의 긴 진료 때문에 지치셨는지 금세 잠드셨다. 그 모습을 지켜보는데 자식과 부모의 관계에서 보호자의 역할이 바뀌는 순간을 느꼈다. 부모의 마음은 현실의 무게에 비례했다. 처음 겪어보는 삶의 무게는 코끼리 열댓 마리가 짓누르는 듯했다. 낯선 무게감에 짓눌려 내 안의 불안은 커져만 갔다.

병원의 밤은 일찍 찾아온다. 내일이 오지 않을 것처럼 밤은 길고 깊었다. 깊은 어둠 속에서 오직 달빛만이 공평해 보였다. 나는 처음으로 직장을 그만둔 것을 후회했다. 의사가 약 3주 정도 입원을 권했고 퇴원을 하더라도 어머니는 당분간 통원치료를 해야 하므로 일터로 돌아가긴 힘들 거라는 말을 들은 직후였다.

이상과 현실의 괴리는 멀어져만 갔다. 무거운 현

실에 비해 이상은 한없이 가벼웠다.

"꿈이 흔들리고 있어. 그래도 잘할 수 있을 거란 희망도 이젠 내 것이 아닌 것처럼 느껴져."

천호대교 밑에서 한강을 앞에 두고 속마음을 털어놓았을 때, 내 옆에서 맥주 한 캔을 들이켠 그녀가 살짝 취기가 달아오른 얼굴을 하고서 내뱉은 말에 펑펑 울었던 적이 있다.

"눈물이 흐를 때 왜 한 쪽에서 먼저 흐르는지 알아? 반쪽 눈물은 그 눈물을 지켜보는 사람을 위한 거래. 함께 슬퍼해 주고 함께 울어줄 수 있는 일종의 기회 같은 거. 너무 혼자 짊어지려고 하지 마. 가끔은 이기적이게 남에게 짐을 덜어낼 필요도 있어. 네 곁에 있는 사람에게. 그때가 서로에게 필요한 순간이야. 서로가 가장 아름다울 수 있는 순간이니까."

오늘도 해주고 싶은 말

꽃을 보니 네가 더 보고 싶어. 뻔하지 않은 말들로 매일 똑같은 하루를 특별하게 만들어주는 것. 바쁘다고 서로의 안부를 미루지 않는 것. 그러면서 서서히 서로의 일상이 되어주는 거야말로 사랑이지 않을까.

행복에 취하는 밤

"우리 불행마저 사랑하는 사람이 되자."

여느 술자리와 다를 것 없었던 오늘. 남자는 의미심장한 말을 툭 내뱉었다.

평소 감정을 표현하는 데 있어 서툰 남자를 여자는 낯설어했지만, 남자가 꽤 진지한 눈빛을 하고선 자신을 쳐다보았기에 여자는 말없이 고개를 끄덕였다. 하지만 여자는 그 의미심장한 말의 속뜻이 궁금했다. 혹시나 그에게 무슨 안 좋은 일이라도 생긴 걸까 하는 걱정과 동시에 나와 행복하지 않은 걸까 하는 의구심이 들었기 때문이다.

"왜? 오늘 안 좋은 일이라도 있었어?"

여자가 물었다. 남자는 여자의 눈을 맞춘 뒤 술잔을 들었다. 그는 한동안 어떤 말도 하지 않은 채 창밖을 바라봤다. 둘 사이로 흐르는 침묵이 여자를 더 불안하게 했다.

"나랑 만나는 게 불행해?"

여자는 조심스럽게 떨리는 목소리로 물었다. 그제야 남자가 놀란 듯 오해라며 크게 손사래를 쳤다.

"사실 오늘 퇴근하고 오는 길에 두 남녀가 길거리에서 싸우는 걸 봤어. 정말이지 서로를 잡아먹을 기세였다니까. 오고 가는 수많은 사람들 사이에서 마치 세상에 자신들밖에 존재하지 않는 듯 소리치더라고."

남자는 잠시 말을 멈췄고 술잔을 단숨에 들이키고선 말을 이어갔다.

"그러고서 지하철을 탔는데 그들이 계속 눈에 밟히더라고. 그들도 행복했을 때가 있었을 텐데. 서로 눈을 맞추면 웃음부터 나올 때가 있었고, 영원할 것처럼 사랑을 약속했었을 텐데. 그런데 왜 저렇게 화를 내면서 싸우는 걸까? 혹시 행복이 끝난 건 아닐까? 행복이 끝나면 사랑도 끝이 나는 건가? 이런 생각이 머릿속에서 계속 맴돌았어. 그건 마치 행복만을 기대하는 사랑에는 끝이 존재한다고 말해주는 것 같았거든."

남자의 말이 끝나자 여자는 두 손을 뻗어 남자의 머리를 천천히 쓰다듬었다. 두 사람은 한동안 서로의 눈을 바라봤다. 여자는 남자를 향해 미소를 건네 보였고, 남자는 그런 여자의 행동에 어쩔 줄 몰라 헛기침을 내뱉었다.

이번엔 여자가 서로의 빈 잔을 채우면서 수줍은 듯이 말을 꺼냈다.

"행복하려고 사랑하는 게 아니야. 사랑하니까 행복한 거지. 그런데 당신 말도 맞아. 행복만을 기대하는 사랑은 갑작스러운 돌풍에 견디지 못하고 쉽게 부러지고 말겠지. 원하든 원하지 않든 우리 사이에도 분명 불행이 오겠지. 그때도 지금처럼 사랑하자. 오래 사랑하자."

여자의 말이 끝나자 둘은 동시에 잔을 들어 서로의 잔을 부딪쳤다. 짠- 하는 경쾌한 소리와 함께 술잔에 담긴 술이 넘실거렸다. 그들의 술잔이 전보다 빠르게 채워지길 반복했다.

사랑을 약속한 밤이 깊어져만 간다.

행복에 취하는 밤이다.

오늘 날씨가 참 좋아요

하필 사랑의 밝음을 봄으로 표현하는 걸까 묻는 당신에게 나는 이렇게 말했다.

"눈빛에 봄 햇살을 담기 적당해서, 좋아하는 향수를 연풍에 흩날리기 적당해서, 손잡고 걷기 적당해서, 그러다 서로의 눈이 마주칠 때면 봄이란 계절이 마음에 머무르기 적당해서."

오늘도 봄은 세상에 흔적을 남기고 있다. 오늘 날씨가 참 좋다. 날씨가 좋다는 건 봄을 핑계로 꽃을 이야기할 수 있고, 꽃을 핑계로 너를 알아갈 수 있다는 어설프지만 꽤 설레는 가능성이니까.

"오늘 날씨가 참 좋아요"란 말은

어쩌면 "오늘 한 번 볼래요?"를

말하는 건 아닐까.

사랑이 삶의 일부가 됐을 때

주변에서 오래 만나는 연인을 보면 대부분 비슷한 특징이 있다. 서로의 다름을 이해하여 억지로 하나가 되려고 하기보다 사랑을 통해 서로의 세상을 키운다는 점과 서로의 있는 그대로의 모습을 존중하여 둘 안에서 편안함을 느낀다는 점. 이들은 사랑할수록 더 성숙해진다. 사랑이야말로 온전한 나를 알아갈 수 있는 가장 좋은 시간이다. 이해와 배려를 통해서 한층 성숙해질 수 있고, 고마움과 서운함을 통해서 진솔한 감정이 무엇인지 알 수 있으니까.

한편 안타까운 연애를 하는 연인도 있다. 상대를 소유하려고 하는 연애는 비극으로 끝날 가능성이 크다. 그들의 연애 동기를 살펴보면 대부분 내면의 결함이나 순간의 외로움을 채우려고 시작하였다.

내면의 결함은 낮은 자존감에서 비롯되었다. 사소한 오해가 심한 질투와 열등감으로 커져 상대에게 집착과 의심하기 시작하면서 관계의 신뢰가 깨지고, 본인이 사랑이라고 생각했던 것들이 오히려 상대를 옭아매어 점점 지치게 만든다.

순간의 외로움을 채우려고 시작한 연애는 이기적으로 끝나는 경우가 많다. 본래 채움이 목적이었기에 그 목적을 달성하고 나면 관계가 허무하게 끝나거나, 연애로도 채워지지 않는 공허에 사로잡혀 오히려 전보다 더 방황하게 된다.

스스로 온전하지 못하면 결국 같은 이유로 무너진다. 자신의 감정에 도망치지 않았으면 한다. 아픔을 마주하는 일이 실질적으로 문제를 해결해주지 못하더라도, 아픔을 겪고 있는 나를 모른 척하지 않는 것만으로도 자신에게 당당할 수 있는 기회를 준다. 성장은 아픔 속에서 위로 나아가는 것이 아니라 밑으로 깊어지는 것이니까.

바다가 파도를 자신의 일부로 여기듯, 나무가 바람을 자신의 일부로 여기듯. 스스로 온전하면 사랑도 삶의 일부로 받아들여진다.

노력 없는 사랑

뜬금없이 친구에게 문자 한 통이 왔다.

“사랑이 노력 없이 가능하다고 생각해?”

바로 답장을 보낼까 하다가 조금 더 고민하기로 했다. 이동 중인 버스 안에서 눈살을 찌푸려 가며 생각했다. ‘사랑’이라는 단어에서 ‘노력 없이’라는 단어로 넘어가는 데 꽤 오랜 시간이 걸렸다. 그리고 마침내 ‘가능’으로 넘어가는 순간 숨이 턱 막혔다.

이내 “우리가 살고 있는 세상에서 노력 없이 가능한 게 있을까?”라고 답장을 했고, 곧바로 “그러니깐 너는 사랑은 노력이 필요하다고 생각하는 거지?”라고 답장이 왔다.

이 정도면 의미가 전달됐을 것이라 생각한 내 착

각을 친구 녀석은 잔인하게 되물어 왔다. 문자로 생각을 전달하는 데 한계를 느낀 나는 그에게 전화를 걸었다. 친구도 마치 기다렸다는 듯이 신호음이 울리자마자 바로 받았다.

"나는 노력 없이 이루어지는 것은 없다고 봐. 그게 무엇이든지. 사랑도 물론이고. 사랑은 더 노력해야 해. 만약 네가 노력 없는 사랑을 믿고 있다면 틀렸다고 말할 거야. 사랑을 위해 내가 했던 노력이… 난 노력했어."

"나도 어느 정도 동의해. 하지만 사랑을 위해 노력한다는 말은 순수하지 못하다고 생각해. 마치 궁극적으로 섹스를 위한 과정을 노력이라 말하는 거 같아."

이해하지 못했다. 이해할 수 없었다. 도대체 이게 무슨 말인지. 차라리 사랑을 생각하는 기준의 다름을 인정하고 싶었다. 하지만 내 마음 저 깊은 곳에서 그의 생각이 틀렸음을 꼭 얘기하고 싶었다.

"섹스가 사랑이 될 수 있다고 생각하지만, 사랑이 섹스라는 네 생각은 잘못된 거 같아. 너에게 사랑은 뭔데?"

나는 다소 흥분된 격조로 물었다.

"사실 잘 모르겠어."

친구는 자신이 없는 듯 힘없이 말했다.

"사실 나도 사랑이 이거라고 규정지을 수는 없어. 그만큼 다양하니까. 하지만 난 지금 사랑을 떠올리면 생각나는 사람이 있어. 사랑하면 생각나는 그 사람. 그 사람이 내 사랑이지 않을까. 그래. 사랑은 그 사람을 향한 내 마음이야."

사랑하면 생각나는 사람, 그 사람이 내 사랑이다. 나는 그 사람을 위해 많은 노력을 했다. 친구가 말하는 궁극적으로 섹스를 위한 노력이 아니라 사랑하는 그녀가 웃을 수 있다면, 행복할 수 있다면, 그게 작고 사소한 것일지라도 기꺼이 했었다.

어느 날 그녀는 내게 검은색이 잘 어울린다고 말했다. 그 당시에는 왜 그랬는지 모르겠지만 나는 그녀의 칭찬에도 좋아하는 기색을 숨기고 애써 무덤덤한 척했다. 하지만 그 후로부터 내 옷장에는 검정 옷이 눈에 띄게 많아졌다. 단순히 티셔츠를 살 때에도 검은색부터 보게 되었다. 그녀가 좋아하면 나도 좋았기 때문이었다.

또 데이트를 하다가 지나친 주얼리 매장에서 그녀가 무심하게 뱉은 "저 목걸이 너무 예쁘다"라는 말도 놓치지 않으려고 노력했다. 자신 없으면 잊기 전에 핸드폰 메모장에 매장 이름과 목걸이에 대해 내가 본 그대로 기록했다. 그리고 다가올 기념일에 선물해주고 싶어 소비를 줄여가며 돈을 모았다. 평소 하루에 두 잔 마시는 커피도 한 잔으로 줄이고, 가끔 친구들과의 술자리도 다른 핑계를 대며 빠지기도 했다. 그 시간은 꽤 고단했다. 하지만 그 목걸이를 선물해주었을 때 사랑하는 그녀가 지을 미소를 상상하면서 그 어떤 수고도 마다하지 않고 참았다.

그런데 어떻게 사랑이 노력 없이 가능하다고 얘기하는 것일까? 심지어 우리는 사랑은 서로 맞추어가는 것이라 말하지 않는가. 이해하고 배려하는 것도 그 사람을 위한 노력이다. 사랑은 노력의 결정체가 아니다. 사랑해서 사랑을 위해 했던 노력, 그 과정도 사랑이다.

연필, 심

그날도 연필로 글을 쓰고 있었다. 비가 추적추적 내리는 날이었고, 카페에 앉아 비와 그리움에 대해 적고 있었다.

'비가 내리는 건 파도로도 닿지 못한 바다의 그리움이려나. 고개를 떨구고 사는 사람을 위한 하늘의 그리움이려나. 아니면 같은 하늘 아래에서도 이루어지지 못한 인연들의 그리움이려나.'

실제 말을 하지 못하는 존재들의 말을 떠올리는 일은 그들이 내게 말을 걸어주는 것 같은 상상에 빠지곤 한다.

그때 앞에서 책을 읽던 그녀가 한껏 호기심 가득

한 눈으로 이런 질문을 던졌다.

"요즘 연필 쓰는 사람 드문데 굳이 연필을 쓰는 이유가 있어?"

언젠가 누군가에게 듣고 싶었던 질문이었다.

"연필을 쓰는 일은 마음을 쓰는 일과 같아. 쓰기 위해선 깎아야 하고, 너무 힘을 주면 대각 부러지고 말지. 심이 얇을수록 조심해야 하고, 닳아 뭉툭해진 심으로는 본인도 못 알아볼 글씨를 쓰곤 하지. 연필심이란 단어도 그래. 연필과 마음이 하나라고 말해주는 것 같아. 그래서 연필을 쓰나 봐. 마음을 쓰고 싶어서. 쓰인 마음이 누군가에게 읽히길 바라면서."

연필로 흰 종이 위에 '삶'을 적었다. 그 옆에 '사람'을 썼고, 미음 받침 모서리를 둥글게 말아 사람을 '사랑'으로 바꿔 적었다. 이응 받침이 다른 자모음보다 굵어졌다. 사람을 깎아야만 사랑이 되는 게 아니라 사랑이 사람으로 두터워질 수 있다는 사실을 놓치고 싶지 않아 오늘도 연필을 쥐었다.

연필의 사각거리는 소리가 여름밤을 가득 채운다.

함께라면 좋겠다

처음 나란히 걸을 때 보폭이 같은 사람이면 좋겠다. 첫 만남 때 잘 보이고 싶은 마음에 아끼는 구두를 신겠지만, 손때가 묻은 운동화를 신어도 편한 자리에서 만나는 사람이면 좋겠다.

취하는 사람이면 좋겠다. 술은 가끔. 자신이 하는 일이나 꿈을 말하는 것만으로 취하는 사람이면 좋겠다.

길을 자주 헤매는 사람이면 좋겠다. "괜찮아. 다시 돌아가면 돼"라고 말하는 사람. "괜찮아. 여긴 처음이야"라고 말하는 사람. 잘못 들어가는 바람에 처음 가려던 식당을 못 가고 다른 식당에 들어가도, 그 식당의 음식이 별 음식 아니어도 그 사람과 함께여서 맛있는, 그런 사람이면 좋겠다.

슬픔을 아는 사람이면 좋겠다. 비가 내리는 날이면 모든 모서리에 빗방울을 떨어트려 작은 연못을 만드는 사람. 겨우 발만 담글 수 있는 곳에 얼굴을 담가 개구리눈이 된 사람이면 좋겠다.

적당함을 무시하는 사람이면 좋겠다. 사랑을 '하다'보다 '빠지다'라고 표현하는 사람. 빠진 깊이만큼 아파본 사람이면 좋겠다.

혼자 여행을 떠나본 사람이면 좋겠다. 자신만의 선택으로 오롯한 하루를 보내본 사람이면 좋겠다. 어디를 함께 가고 싶은 사람보다 이 사람과 어디든 함께 갈 수 있겠구나, 하는 그런 사람이면 좋겠다. 그곳이 꼭 처음 가는 낯선 여행길이 아니더라도 점심 먹고 매일 걷던 산책길조차 함께 걷는다는 이유로 특별해지는 사람이면 좋겠다.

무엇이 사랑을 시작하게 하는 걸까?

소란스러운 주말을 보냈다. 생각이 많아졌다. 생각은 생각을 낳고 또 다른 생각으로 이어졌다. 생각이 걱정으로 변하는 데까지는 그리 오래 걸리지 않았다. 한 톤만큼 쌓인 걱정과 우중충한 날씨가 더해져 온종일 흐린 마음이 계속됐다. 그 시작은 기대였다.

나는 무언가 기대하기보다 실망을 피하려는 습성을 지녔다. 느닷없는 기쁨은 오롯이 느낄 수 있지만 예고치 않은 실망은 사람을 자주 무너뜨린다. 실망을 피하는 것만으로도, 특별하지 않아서 괜찮은 하루를 보낼 수 있고, 행복하지 않아도 불행하지 않은 삶을 보낼 수 있기 때문이다.

오랜만에 창밖으로 빗소리가 들렸다. 추적추적 내리는 비를 바라보고 있자니 예전에 썼던 무지개 글이 떠올랐다. 이름 모를 당신의 슬픔에 대해 생각하다가 금방이라도 쏟아질 것 같은 비구름이 마음에 자오록했다. 짙게 깔린 먹구름이 마음을 혼란스럽게 했다. 시간이 지나고 빗줄기가 굵어지면서 후드득 소리가 방안을 가득 메웠다. 기대는 어디서부터 시작하는 걸까. 기대한다는 것은 좋아함의 시작인 건지 사랑의 시작을 의미하는 건지 알 수 없었다. 좋아한다는 것과 사랑한다는 것은 어떤 차이가 있을까.

좋아한다는 마음은 가장 아름다운 걸 그려주고 싶은 마음에서 비롯되었다. 예컨대 달을 그리고선 앞으로 저 달을 보며 당신을 생각하겠다고 하는 마음이랄까. 하지만 사랑한다는 마음은 다르다. 물통을 각막 안으로 들이붓고서 온 세상이 당신의 색으로 물들었다고 말하는 것 같았다.

기대는 불안을 만들어냈다. 나는 불안을 덜어내기보다 기대를 덜어내려고 했다. 갖지 않으면 잃지 않아도 된다. 뜨거워지지 않으면 식지 않아도 된다. 잡지 않으면 놓지 않아도 된다. 행복하지 않으면 아프지 않아도 된다. 그렇게 기대하지 말아야 하는 이유를 써 내려가다가 기대하게 되는 이유를 떠올렸다. 기대하게 되는 이유는 간단했다.

마음이 계속 그 사람에게 향해 있었다. 잠은 잘 잤는지, 밥은 챙겨 먹었는지, 일은 힘들지 않은지. 사소한 일상에서 시작하다가 불 꺼진 침대 위에서 오늘 하루는 어땠냐는 질문에, 당신 닮은 하루를 보내 예뻤다고 말해주는 것. 그리고 당신 생각에서 당신 생각으로 하루의 시작과 끝을 맺게 되는 것이 기대하게 되는 이유였다.

비가 더욱 세차게 내렸다. 어둠 사이로 환하게 비추고 있는 빛이 거센 빗줄기에 흔들거린다. 어쩌면 어둠이 흔들거리는 것일 수도 있겠다고 생각했다. 한참을 바라보다 나는 일렁이는 어둠에 소란한 마음을 내어주었다.

어느덧 창문을 비집고 들어온 햇살이 어둠을 밀어내고 있었다. 그제야 밀리는 어둠 뒤로 소란스러웠던 고독이 서서히 눈을 감았다.

사랑이 사람으로, 사람이 사랑으로

어느 날 친구가 이별 소식을 내게 전했다. "어떻게 사람이 그럴 수 있냐?" 친구의 목소리는 무겁지도 또렷하지도 않았다. 마치 소리가 허공에서 방황하다 흩어지는 듯했다. 잇따라 같은 말만 되풀이하는데 어쩔 땐 사람을 사랑이라고 발음하는 착각이 들 때도 있었다. 한때는 열렬한 사랑의 지도자가 되어 나에게 "세상에 사랑이 많아지면 우리는 내일을 기대할 수 있을 거야" 같은 희망을 선포하기도 했던 그가 지금은 전의를 모두 상실한 패잔병처럼 축 처진 어깨를 하고서 연달아 절망적인 한숨을 몰아쉬었다.

사람과 사랑에 대해서 생각했다. 사람을 사랑이

라고 발음한 것이 착각이 아닐 수도 있겠다고 생각했기 때문이다. 희망이 절망으로 바뀐 그에게 사랑은 무엇으로 바뀌었을까 생각하다 '사랑이 사람으로 남겨진 거구나' 하고 읊조렸다. 사랑이 사람으로, 사람이 사랑으로 기억되는 남겨진 것들. 때로는 남겨지지 않는 짧은 인연들.

당분간 그는 남겨진 것들을 그리워하는 일상을 보내게 될 것이다. 사랑하면 떠오르는 그 사람을 기억하는 생활을 하게 될 것이다. 이별은 덜 사랑한 사람이 멀어지는 게 아니라 더 사랑한 사람이 남겨지는 시간이다.

언제라도 어디에서라도

장맛비가 스스로 멈추는 법을 알았다면

우리는 사랑에 덜 상처받았을 것이다.

과대망상증

어느 날, 길을 걷다 문득 걸음을 멈추고 당신을 생각했다.

어렸을 때는 걷는 행위를 좋아하지 않았는데, 요즘은 걷기를 산책이라 부르기까지 하면서 매일 한 번은 산책을 나가곤 한다.

20대 중반이 넘으면서 해를 바라보는 시선이 달라졌다. 한 해가 지나면 나이는 한 살이 늘어나지만, 걱정은 한 바가지 쌓인다. 특히 생각할 게 많거나 마음이 답답할 때면 유독 자주 그리고 멀리 밖을 나선다. 나는 산책을 할 때 머리를 비우려고 노력한다. 그 순간만큼은 생각을 멈추려고 한다. 생각을 비우면 마음이 편안해진다. 그때가 가장 감각이 살아난다. 예민해진 감각은 자성이 생겨 무언가 끌어당긴다.

6년 전 이별을 겪고 헤어진 여자 친구를 잊기 위해 몸을 더 호되게 했었다. 육체적인 고통이 정신적인 고통을 잊게 해준다는 친구의 말을 들었기 때문이었다. 오전에는 학원에 가서 공부를 했고 끝나자마자 호프집에서 일했다.

유난히 힘겨운 하루였다. 8명, 10명으로 이루어진 단체 두 팀이 가게를 꽉 채웠기 때문이다. 정신없이 주문을 받고 맥주를 날랐다. 두 무리의 분위기는 사뭇 달랐다. 마치 빛과 어둠 같았다. 그들을 보고 있자니 식은땀이 절로 났다. 왜 하필 서로 다른 둘이 같은 시간 같은 장소에 있는 것일까. 그것도 이 순간 이 곳에서.

불길한 예감은 언제나 빗나가지 않는다. 조금 더 사람이 많은 어둠이 빛을 삼키려고 들었다. 처음엔 거칠게 말이 오갔다. 하지만 양보와 이해는 꼭 중요한 순간에 존재하지 않는다. 그 좁은 공간에서 18명은 하나가 되었다.

맥주잔이 여기저기서 날아다녔다. 강냉이가 공중

에서 눈발처럼 흩날렸다. 온갖 욕설과 폭력이 난무했고 뒤엉킨 상황 속에서도 누군가는 주먹을 휘두르고 누군가는 상황을 중재했다. 어떤 이는 멀찌감치 떨어져 싸움을 방관했고, 어떤 이는 구석에서 피를 흘리며 비명을 지르고 있었다. 내가 할 수 있는 것은 아무것도 없었다. 계산대에 몸을 숨기고 경찰이 오기만을 기다릴 뿐이었다.

잠시 후 경찰이 도착해 혼란을 잠재우고 모두를 밖으로 내보냈다. 그러고 나서 순경이 다가와 몇 가지 질문을 했고 나는 질문에 답하며 당시 상황을 진술했다. 마침내 전쟁 같은 시간이 끝났다. 그 순간, 나는 다리에 힘이 풀려 주저앉고 말았다. 그들은 떠났지만, 그들이 남긴 열기와 소음은 아직 떠나지 않았다.

쑥대밭이 된 광경을 지켜보며 나는 또 한 번 좌절을 맛보았다. 바닥에는 맥주가 흥건하게 고여 있었고, 그 위로 떨어진 강냉이는 눅눅해져 갔다. 깨진 유리잔은 사방에 널려 있었고 군데군데 피가 묻어 있었다. 가게 안은 맥주 냄새로 진동했고 어느 곳은 비릿한 피 냄새로 가득했다. 당장이라도 도망가고 싶었다.

정리를 끝마치니 퇴근 시간이 훌쩍 지나 있었다. 온몸에 맥주 냄새가 찌들어 헛구역질이 올라왔다.

가게 밖으로 나오자 9월의 상쾌한 공기가 나를 반겼다. 숨을 깊이 들이쉬자 검정 피가 붉은 피로 정화되는 기분이었다. 새벽 1시 23분. 막차는 이미 끊긴 시간. 오늘 같이 몸이 힘든 날이면 주로 택시를 타곤 했는데, 여름에서 가을로 넘어가는 이 순간을 오래 느끼고 싶어 걷기로 했다. 바람이 살갗을 스치고 지나갈 때마다 묵은 땀이 씻겨 나갔다. 한적한 새벽 거리를 거침없이 달리는 차량들. 택시를 잡기 위한 사람들의 손짓. 우리는 같은 시간 속에서 제각기 다른 모습과 속도로 살아간다. 문득 하늘을 올려다보니 구름에 살짝 가려 흐릿한 빛을 비추는 달이 보였다. 그녀가 생각났다.

그녀는 달을 참 좋아했다. 손을 맞잡고 길을 걸을 때면 "오늘 달이 참 예쁘다", "달이 밝다", "달이 외로워 보인다" 하고 달에 대해 자주 얘기하곤 했다. 딱히, 이유를 묻진 않았다. 그리고 9월. 그녀를 처음 만난 날도 9월이었다. 우리는 많은 곳을 쏘다녔다. 해가 저물면 항상 한강에 들러 밤하늘에 뜬 달을 보면서 맥주 한잔하는 것을 좋아했다.

왜 하필 오늘일까? 그동안 잘 잊고 지냈는데. 그러다 문득 '그녀도 오늘 이 달을 보고 나를 생각했을까?'란 생각이 들었다. 어쩌면 이게 정답일 수도 있겠다. 아니, 정답이라 믿었다. 같은 달을 보고 서로를 생각했다고.

지금도 길을 걷다 가끔 무엇을 보고 문득 떠오르는 사람이 생긴다. 그 사람도 같은 것을 보고 나를 생각하지 않았을까? 과대 해석일 수도 있는 이 망상은 내게 소중하다. 물론 착각일 수도 있겠지만 누군가가 나를 기억해준다고 믿으니 세상이 그리 외롭지만은 않았다.

상처를 받지 않으려면, 상처를 주지 않으려면

관계에 관해서 이야기하다 보면 대부분 비슷한 고민을 하고 있다.

'관계에서 상처받지 않으려면 어떻게 해야 할까?'

나 역시 한때 같은 고민을 했었고, 답을 찾기 위해 각종 관계 관련 서적이나 심리 상담을 받은 적이 있는데, 나름 찾은 개념들을 종합하고 보니 한 가지 결론에 다다랐다.

'정답은 없다.'

허무했지만 스스로 내린 결론이었다. 어떤 관계에서의 정답이 다른 관계에 도움을 주지 못한 경우가 상당했기에. 사람은 달라도 너무 다르니까.

차라리 정답이 없다고 빨리 인정하는 편이 덜 상처받는 비법이라면 비법인 셈이다. 하지만 반대로 생각해 보면 나 역시 누군가에게 상처를 주지 않았을까.

분명 알게 모르게 나도 누군가에게 내가 받았던 방식으로 상처를 줬을 테다. 무심코 던진 말 한마디가 돌멩이가 되었고, 말은 안 했지만 자신도 모르게 건넨 싸늘한 시선이 있었고, 크고 작은 상황 속 선을 가장한 침묵과 해야 할 때를 놓친 용서 등 나도 상처받고, 나도 상처 준 방식.

그러다 보니,
우리는 상처를 받지 않을 수도
상처를 주지 않을 수도 없겠구나 싶었다.

지나간 사랑을 계절이라고 불러야겠다

3시간째 마무리를 하지 못한 글 때문에 밤을 지새웠다. 새벽 4시였다.

나는 미완성된 글을 뒤로하고 피로가 가득한 몸을 이끌고 침대로 향했다. 침대 위로 눕자 몸이 침대 속으로 빨려 들어가는 듯한 느낌이 들었다. 숨을 크게 몰아쉬고 눈을 감았다. 아쉽지만 아쉬운 대로 놓아줘야 할 때도 있으리라. 다시 한 번 크게 숨을 들이쉬고 내뱉었다. 최대한 호흡에 집중하여 머릿속에서 엉킨 듯이 어지럽게 춤을 추는 생각과 단어들을 잠재우고 싶었다.

글 쓰느라 몰랐는데 창밖이 고요하니 비가 멈춘

듯했다. 올여름, 장마는 길고도 지루했다. 8월의 무더운 열기도 살짝 가신 듯했다. 정신은 몽롱했지만 쉽게 잠들지 못할 거 같은 기분이었다. '차라리 좀 걷고 올까?' 하는 마음에 가벼운 겉옷을 걸치고 밖을 나섰다.

운무가 자욱했다. 새벽달마저 안개를 이불 삼아 잠들어 있는 듯했다. 달도 잠든 이 새벽을 아롱이는 가로등 불빛이 유독 처연하게 느껴졌다.

공원으로 향했다. 공원에 들어서자마자 수분기 가득한 숲 내음이 진하게 밀려왔다. 순간 이병률 시인이 떠올랐다. 그러자 나도 모르게 탄성이 터져 나왔다. 시인을 처음 알았을 때 느꼈던 그 감정을, 그때는 무엇으로도 표현할 수 없었던 그 감동이, '숲'이었다는 사실에 몸이 파르르 떨렸다. 새벽 공원의 안개 속을 거닐수록 시인은 도대체 어떤 시간을 사는 건지 더 궁금해졌다. 그날의 숲은 가득하면서도 고요하고, 고요하면서도 오롯하였다.

나무의 높고 길게 뻗은 가지마다 무성하게 핀 초록 잎이 하늘을 드리웠다. 산책할 수 있게 만든 콘크리트 길을 사이에 두고 양 끝에서 자란 나무들은 기어코 천공에서 서로 맞닿았다. 손깍지를 낀 연인의 모습이었다. 그 모습을 보자 가슴이 아르르 저며 왔다. 지난 사랑이 생각났다. 사랑이었다고 밖에 달리 표현할 방법이 없으면서도 지나간 사랑은 사랑 말고 다른 이름으로 불러야 하지 않을까 싶었다.

계절이라고 불러야겠다. 꽃이 피고 꽃이 지는 계절이라고 불러야겠다. 함께였다가 혼자 보내는 계절이라고 불러야겠다.

현실을 사이에 두어도 놓으면 안 되는 것이 사랑이었다. 사랑은 포기하지 않는다. 그러니 포기하지 말아야 한다.

3부

때로는 어쩔 수 없는 것들은
어쩔 수 없는 대로 놓아주어야 한다.

새벽이 익숙해진다는 것

나이를 먹으면서 마음 편히 고민을 털어놓을 상대가 없다는 것을 느꼈다. '나만 힘든 게 아닐 거야. 모두가 힘들겠지.' 괜히 어리광 피우는 것처럼 보였기에 힘들어도 힘들다고 말하지 못했다. 매번 이런 식이었다. 비우지 못한 감정은 점점 부풀어져만 갔다.

살다 보면 그런 날이 있다. 조금만 툭 건드려도 풍선처럼 터져버릴 것 같은 날. 혼자가 되고 싶으면서도 '혼자이고 싶지 않은' 날. 큰 위로가 아닌 잠시라도 누군가 내 이야기를 들어줬으면 하는 날. 하지만 그런 날엔 유독 혼자가 되어 버린다.

그러다 보면 새벽이 익숙해진다. 새벽에는 세상

이 온전히 나에게만 귀 기울여준다. 그 고요함 속에서 나는 굳이 마음을 말할 필요가 없어진다.

주변에 새벽이 익숙하다고 말하는 사람이 있다면 그 사람은 꽤 오랜 시간 힘듦을 혼자 이겨낸 사람일 것이다. 그는 그렇게 더 단단해졌을 것이다. 단단하다는 것은 괜찮다는 말이 아닌데 사람들은 괜찮은 줄 안다.

그는 그렇게 더 혼자가 되었을 것이다. 사실 단단한 것은 쉽게 깨져 버리는데, 사람들은 괜찮은 줄만 안다.

가끔 여행을 떠나고 자주 방황을 한다

여행 가고 싶다는 친구의 말에 함께 있던 친구 두 명이 동요하기 시작했다. 여행이란 단어가 그들의 마음을 흔들었다. 그들은 돌아가면서 평소 자신이 마음속에 품었던 장소를 소개하고 그곳에 가면 무엇을 보고, 무엇을 할 것인지 장황하게 여행 일정을 늘어놓았다. 누구 하나 물어보지 않았는데도 불구하고.

친구들의 목소리에는 힘이 실려 있었고 눈에는 빛이 서려 있었다. 당장이라도 떠날 수 있는 사람처럼 용맹스러웠지만, 현실이란 커다란 벽 앞에서 용(勇)은 사라지고 결국 맹한 사람으로 남겨졌다.

떠나려는 생각과 떠나는 행동 사이에는 괴리가 존재했다. 행동은 늘 우리를 불안하게 만든다. 나도 마찬가지였다. 행동보다 언제나 걱정이 앞섰다. 포기한 적도 있었다. 하지만 끝내 두려움을 이겨내고 생각을 행동으로 옮겼을 때 현실은 의외로 견딜 만했었다. 쓸데없는 걱정이었음을 행동을 하면 깨달을 수 있다. 생각이 생각으로 그치면 생각에서 머무르게 된다.

여행의 이유는 간단했다. 일상에서 벗어나고 싶기 때문이다. 직장 다니는 친구들을 보면서 그들에게 일상(日常)은 매일 반복되는 단조로운 생활이 아니라 항상 일만 생각하는 '일'상이라는 것을 알게 되었다. 일상에서 벗어나고 싶다는 말은 일에서 벗어나고 싶다는 말인 셈이다. 힘들게 일해서 번 돈이 일에서 벗어나기 위해 쓰인다.

이번엔 나를 돌아봤다. 일상의 의미를 찾지 못하고 헤매고 있는 나를 발견했다. 삶에서 여행은 어떤 의미일까? 왜 많은 사람들이 일상에서 벗어나고 싶은 것일까? 그렇다면 일상은 무엇인가? 질문은 꼬리에 꼬리를 물었다.

한참을 고민하다 내가 찾은 답은 이러하다. 여행은 어쩌면 돌아올 곳에서 잠시 멀어지는 시간이지 않을까. 여행은 낯설다. 삶에 지친 내가 떠난 곳은 언제나 생소한 곳이었다. 낯선 공간으로 떠나온 나는 익숙한 공간에서 머무는 나를 바라봤다. 잠시 떨어져 바라본 지난 세월의 발자국 속에서, 알았지만 놓친 것들과 몰라서 놓친 것들을 볼 수 있었다.

돌아올 곳에서는 다양한 의미가 존재했다. 일상이란 시간의 개념일 수도 있고 집이란 공간적이거나 나라는 철학적으로 해석할 수도 있다.

여행은 돌아올 곳이 있어야 한다. 그렇지 않다면 그것은 여행이 아니라 방황이다. 나도 마찬가지로 방황했었다. 2년이란 긴 시간 동안 이리저리 헤매었다. 나에게 일상은 불안의 연속이었고 심리적으로 집이란 공간을 잃었으며 불행으로 나 자신을 부정했었다. 돌아갈 곳이 존재하지 않는 나는 계속해서 떠돌아다녔다.

방황도 낯선 시간이다. 그 시간을 견뎌내면 여행

과 마찬가지로 낯선 공간으로 떠난 내가 익숙한 공간에서 머무는 나를 바라볼 수 있게 된다. 나는 방황을 통해 내가 놓쳤던 나를 알게 되었다. 머리보다 가슴을 따르기로 했고 돌아갈 곳이 반드시 집이 되지 않아도 된다는 것을 깨닫게 되었고 불행을 나 자신의 일부로 여기게 되었다.

방황을 시작할 때 나는 누군가에게 의지하려고 했고 시간이 나를 기다려주길 바랐었다. 그 마음이 커질수록 나로부터 멀어졌다. 돌아갈 곳이 아니라 가야 할 곳만 생각했던 것이 잘못이었다. 꿈이 없다고 하면서 다가올 순간에만 집착했기 때문이었다. 나에게 돌아갈 곳은 존재하지 않았고 나는 더욱 멀어졌다. 그 혹독한 시간을 겪고 나서 나는 비로소 혼자가 되었다. 형편을 탓하지 않게 되었고 지난 시간에서 벗어날 수 있었다.

나는 가끔 여행을 떠나고 자주 방황을 한다.
과거의 나에게서 현재의 나를 놓치지 않기 위해.

그 시절, 우리

오랜만에 졸업한 중학교를 찾아갔다. 친구가 그 근처에 살고 있어 가끔 들르곤 했었는데 혼자는 처음이었다.

내가 졸업하고 다음 해 학교는 다른 곳으로 이사를 했다. 그 자리에 새 학교가 들어섰는데 어쩐지 이곳을 올 때마다 달라진 학교의 모습을 보면 무언가 익숙하면서도 낯선 묘한 감정이 든다.

예전에 거의 허물어져 사용하지 않았던 테니스장이 사라지고 그 자리에 주차장이 생겼다. 더 큰 주차장이 생기면서 옆에 있는 운동장은 작아졌고 건물 표면에는 짙은 아이보리에서 푸른 남색으로 페인트를 덧칠했다. 그뿐만 아니라 심지어 예전 정문이었던 곳을 벽돌을 쌓아 막고선 다른 곳에 새 정문을 만들기까지 했다.

학교 중간에 설치된 벤치에 앉아 운동장과 학교를 바라보고 있자니 학창 시절의 기억이 생생하게 떠올랐다. 공부보다 운동을 좋아했던 나는 방과 후 언제나 운동장에서 흙먼지를 마셔 가며 뛰어다녔다. 우연히 FC 서울 축구단에서 주최한 아마추어 유소년 대회에 학교 대표로 출전해 우승까지 했던 짜릿한 추억이 있다. 특별한 추억 덕분인지 운동장에서 땀 흘리며 뛰고 있는 그때의 내 모습이 아직도 눈에 선했다.

비록 내가 다니던 학교의 모습은 사라졌으나 그 시절의 나는 이곳에 머물고 있던 것이었다.

세월이 지나면서 익숙한 공간이 사라지는 장면을 여럿 보았다.

샷 추가가 무료라서 자주 갔던 동네 작은 카페, 5년 동안 가격을 올리지 않아 신기해하며 자주 찾았지만 소리 소문 없이 사라진 순댓국집, 가족이랑 자주 갔던 동네에서 가장 큰 찜질방, 구석에 위치해 손님이 없어 자주 들른 그녀와 나의 아지트 카페, 현금 대신 카드를 주로 사용하면서 사라진 노점상, 다양한 오락기가 있어 친구들과 자주 갔던 문방구…. 그 자리에 새로운 존재가 들어서도 나는 예전을 퍽 그리워하곤 했다.

하루빨리 어른이 되고 싶다고 노래를 불렀던 그때, 나는 왜 어른이 되고 싶었을까? 어른이 된다는 것은 어떤 의미일까?

자주 가던 공간이 사라지고 사소한 이유로 사람을 잃는다. 익숙한 것들과 이별을 하면서 지고 난 자리에 그리움을 하나둘씩 채워 넣는다. 이별은 사람을 성숙하게 하는 걸까. 어른은 얼마나 많은 그리움을 안고 살아가는 걸까.

하지만 나이를 먹어도 낯선 것은 여전히 낯설게 느껴진다. 쉽게 익숙해지지 않는다. 시간이 흐르고 겨우 익숙해진 존재는 여전히 말없이 사라지곤 한다.

해가 지면 낯선 밤이 찾아오고 어둠이 걷히면 낯선 빛이 다가온다.

상처받아도 사랑하고 싶은 마음

물리 치료를 받고서 약을 처방받고 책을 읽기 위해 동네 카페를 찾았다. 그날 소설 『쇼코의 미소』를 읽었다. 화려하지 않고 기교 없는 담백함이 마음을 사로잡았다. '인연' 최은영 소설가가 내게 남긴 마음이었다. 떠남과 남겨짐의 관계가 불분명한 사이. 내 삶 속에 한때 인연이라고 불렀던 흔적이 수채화처럼 은은하게 퍼져 이젠 지우고 싶어도 지울 수 없는 순간들이 떠올랐다.

하늘이 어두워지자 한산했던 카페에 사람이 몰리기 시작했다. 집중이 깨지기도 했고 허기가 져서 집으로 발길을 돌렸다. 집에 도착해 간단하게 저녁을 해결하고 뻐근한 몸을 풀기 위해 목욕을 해야겠다고 생각했다. 윗옷을 벗자 오른쪽 어깨에 벌겋게 동그란 자국이 새겨져 있었다. 처음엔 멍이 들었나 싶었는데 낮에 물리 치료를 받으면서 생겼겠구나 싶었다.

샤워기에서 따듯한 물줄기가 쏟아진다. 뭉쳤던 근육이 풀어지면서 오늘 느꼈던 피로가 함께 씻겨 나갔다. 최근 생각이 많아지고 마음이 복잡해져서 잠도 제대로 자지 못했는데 오늘 읽은 『쇼코의 미소』가 허기진 마음을 달래주었다.

가장 인상 깊었던 문장을 되새겼다. '상처받아도 사랑하고 싶은 마음, 결합하여 분리되고 싶지 않은 마음'이 입속에서 가득 맴돌았다.

그때 오른쪽 어깨의 자국이 다시 눈에 들어왔다. 멍처럼 생긴 자국. 마음에도 멍이 있을 텐데. 눈으로 확인할 수 없는 마음의 멍은 누가 어루만져 줄 수 있는 것일까.

더 가까워지자고 했던 시도가 때론 서로를 더 멀

게 만드는 순간들이 있다. 그날 당신과 나는 오래 사랑하지 못했던 사람처럼, 사랑을 주고 싶은 사람처럼, 사랑을 받고 싶은 사람처럼 서로에게 다가갔는지도 모른다. 나와 닮은 사람이라서 어쩌면 이 묘한 감정에 이끌렸는지도 모른다. 하지만 사랑은 끝내 이루어지지 못했다. 용기가 부족했던 것일까. 아니면 의심이 많아서였을까. 나는 서로에게 남긴 마음의 멍에 대해서 생각했다.

누군가 사랑할 여유조차 없었던 시간을 보내면서 혼자가 익숙해진 나는 내 마음을 돌보는 일을 소홀히 했었다. 등한시한 마음은 사랑이란 무거운 감정을 들어 올리기엔 역부족이었다. 사람을 기다리는 일엔 익숙해도 마음을 기다리는 일은 여전히 불안하기만 했었다. 고작 하루 운동하고서 자신의 팔뚝을 만져보라는 오만한 행동처럼 나는 '고작' 우리에게 허락된 다음을 기다리지 못했던 것이었다.

제 마음을 돌아보는 일을 소홀히 하면 작은 것에도 쉽게 다칠 수 있다는 사실을 멍이 들고서야 깨닫게 되었다.

사랑할 준비가 되었다는 사람은

자신을 사랑할 줄 아는 사람이었다는 것을.

초승달

저녁을 먹고 산책을 나섰다. 퇴근길은 사람들로 북적거렸고, 선들바람은 가로수를 수런거린다. 분주한 대로변을 피해 주택가로 발길을 옮겼다. 그곳은 고요했다. 오직 가로등과 달빛만이 거리를 비추고 있었다. 어둑하고 저뭇한 하늘에 실눈썹 닮은 초승달이 보였다. 그리 높지 않은 건물들 사이 좁은 골목길에는 나와 달뿐이었다.

그날 초승달의 얼굴은 씁쓸한 미소를 띠고 있었다. 주위에는 별 하나 돋아나지 않았고, 거리에는 부유스름한 달빛이 흐르고 있었다. 분명 미소를 짓고 있지만, 기분 탓인지 그 미소는 가식적으로 느껴졌다. 애써 무엇인가 숨기기 위해 차마 하는 것처럼….
'무엇을 숨기고 싶었을까?' 하는 의문을 갖고선 다시 달을 보니 빛을 발하지 않는 어두운 부분이 눈에 들어왔다.

'얼굴은 마음의 거울이다.'

말하는 것처럼 몸에 새겨진 상처는 옷으로 쉽게 가릴 수 있지만, 마음의 상처는 고스란히 표정으로 나타나기에 숨기기 쉽지 않다. 그래서 괜찮은 척하는 가식적인 무언가가 필요한데, 그날은 오른쪽으로 움푹 파인 얇은 초승달로 자신을 감추려고 했나 보다. 이면에 숨긴 시꺼먼 어둠처럼 자신만 아는 아픔은 스스로 마음에 멍을 들게 했을 것이다.

가을은 소리를 머물게 한다. 주택가를 벗어난 큰 길가에는 여전히 사람들로 북적거렸고, 가로수는 수런댄다. 그러나 땅거미 깃든 밤하늘은 조용하다 못해 적막했다. 달은 자신의 모습을 모두 드러내지 못했으면서도 달빛으로 거리를 비추고 있었다.

그날의 초승달은 나와 많이 닮았다.

끝내 닦지 못한 먼지

9월의 두 번째 토요일, 아침 열 시. 밤새 열어 두었던 창문에서 제법 선선해진 바람이 들어와 코끝을 스친다. 강렬했던 여름의 전성기가 지나갔음을 낯선 바람을 통해 느낄 수 있었다. 자리에서 일어나려고 뒤척이는데 몸에서 쉰내가 난다. 기지개를 켜고 정신을 차려 보니 더위 전쟁에서 폐허가 된 방이 그제야 눈에 보였다. 마침 방안의 열기는 가라앉았고 거실로 나가 찬물 한 잔 마시면서 방 청소를 결심했다.

행거 위에는 온갖 티셔츠와 바지들이 겹겹이 쌓여 있고, 하나씩 치울 때마다 눅눅하고 시큼한 냄새가 코끝을 찌른다. 무더위를 잊고자 냉동실에 얼려

끌어안았던 1.5리터 페트병과 얇은 수건이 바닥에 널브러져 있다. 책상 위는 서울의 강남 거리를 연상케 한다. 종이상자로 이루어진 것들은 모두 고층 건물처럼 쌓여 있고, 과자 부스러기와 지우개 가루는 서로 뒤섞여 여기저기 퍼져 있다. 하지만 책상 위를 닦고 보니 그 지우개 가루가 먼지였음을 알게 된다.

무심했던 공간에는 먼지가 쌓인다. 같은 책상 위라도 손길이 닿는 관심에 따라 먼지가 쌓여 있는 정도가 다르다는 것이 오늘따라 왠지 새삼스럽게 느껴진다.

'또 어디 먼지가 쌓여 있을까?'

책상에 숨은 먼지까지 모두 정리하고 고개를 돌려 방 안을 이리저리 살폈다. 몇 번을 돌리다 행거 사이에 있는 뿌연 전신 거울을 발견했다. 매일 마주하는 거울이지만, 나도 모르는 사이에 먼지가 흐릿하게 묻어 있었다. '이토록 무심했었나?' 혼잣말을 하며 키만 한 거울을 물티슈와 휴지를 이용해 머리부터 발끝까지 한번에 닦았다. 물론 검정 때들이 군데군데 얼룩졌지만 대여섯 번 닦으니 금세 뽀얀 얼굴을 드러냈다.

화사해진 거울에 비친 내 얼굴은 더욱 선명했다. 눈 밑에 다크서클은 훨씬 깊어졌고, 오른쪽 턱선에는 벌건 여드름이 새로 나 있다. 거울을 통해 한껏 밝아진 방을 볼 수 있어 기뻤지만, 알지 못했던 여드름의 정체는 그리 기쁘지 않았다.

'내 안에도 어딘가 먼지가 쌓여 있을 텐데…'

그동안 누군가에게 말하지 못한 채 숨겨왔던 지난 과거의 순간이 문득 떠올랐다. 어느덧 7년이란 시간이 흘렀다. 자신도 감당하기 힘든 시간을 겪으면 그 시간을 아무리 가까운 사람이라도 털어놓기가 쉽지 않다. 도대체 어디서부터 어떻게 시작해야 하는지 본인도 모르기 때문에 상대에게 구구절절 설명해야 하는 모습이 비참해 보인다. 차라리 마음의 문을 잠가버리는 것이 외롭긴 해도 덜 구차하다.

서른에 가까워질수록 주변에서 "차라리 혼자가 낫더라" 하고 이야기하는 사람이 늘어난다. 그것이 서른의 관문인 것인지. 다들 가슴속에 남모르는 사연 하나씩 담아 두고 산다.

그래! 어느 정도 인정할 건 인정해야지. 온전한 내 감정을 구차하게 이해받기 위해 설명하는 것보단 스스로 혼자가 되는 선택으로 외로움을 껴안는 게 당장은 덜 쓸쓸하겠다.

노을

노을을 보고 있노라면 마음 한편에 노을이 진다
짙은 어둠을 위해 제 몸을 불사르고
이내 옅은 빛으로 산화하는 그 순간이
우리의 삶과 많이도 닮았다

눈물만큼 진실한 것도 없을 터
노을의 붉은 눈물이 하늘을 물들인다
화려했던 순간도 남김없이
어둠 속으로 거두는 모습에
나는 침묵할 수밖에 없었다

너의 슬픔을 덜어두지 못하고

너의 아픔을 안아주지 못했다

다가올 암담한 내일이 오늘 하루를
칠흑으로 만든다
내일을 약속한 자는 아무도 없지만
내일을 피해갈 재간도 없어 보인다

태양은 다시 뜬다
유난히도 붉게 타오르는 아침 태양
하루를 시작하는 우리와 닮았다

누구도 내 슬픔을 덜어주지 못하고
아픔을 안아주지 못한다

나는 가끔 운다
나를 사랑해서 운다

독서 모임

동네에서 작은 독서 모임을 운영했다. 기존에 다니던 모임은 이사를 하면서 멀어졌고 새 모임을 찾던 중 근처에는 독서 모임이 없다는 것을 알고 직접 해보기로 한 것이다. 청년을 중심으로 모인 모임은 예상외로 더 큰 기쁨과 만족을 주었다.

매주 지정도서를 읽고서 동네 카페에서 만나 모임을 진행했다. 본격적으로 작품에 관해서 이야기를 나누기 전 간단하게 자기소개를 하는데 나이와 직업은 굳이 밝히지 않고 이름과 모임에 가입한 이유만 말하는 규칙을 만들었다. 혹시나 누군가의 감정과 생각이 나이와 직업이란 편견에 사로잡히지 않았으면 하는 바람에서였다.

모임을 하면서 약 50명의 사람들을 만났다. 모임에 가입한 이유는 대부분 책 읽는 습관을 기르고 싶거나 남들에게 자기 생각과 감정을 공유하고 싶어서였다. 스스로 선택한 강제성은 새로운 동기로 발전했다.

반년 정도 운영하면서 스무 번이 넘는 독서 모임을 진행했다. 모임을 진행하면서 오히려 나는 그들의 가입 이유가 다른 곳에 있다는 것을 알게 되었다. 미리 준비한 질문들을 나누면서 참석한 사람들의 답을 들을 때마다 느낀 것은 많은 이들이 작품을 기준으로 '나'의 이야기를 하고 있다는 것이었다. 진로에 대한 고민, 직장 생활에서의 고충, 대인 관계의 어려움 등 현재 느끼는 감정과 생각을 자연스레 작품 속에 녹였다.

학교를 다닐 때만 해도, 직장 생활을 하기 전에만 해도 매주 친구들을 만나는 것은 자연스러웠다. 한때 "치맥 콜?"이라는 갑작스러운 연락에도 "콜!"이라며 함께할 수 있었던 지난 시간은 점점 서른이 가까워지자 이해와 배려라는 관념 안에서 희미해졌다. 저마다의 삶이 그러하듯 '내가 힘들면 너도 힘들겠지'란 마음이 많은 약속을 다음으로 미루게 했다. '나'의 이야기를 할 수 있는 시간은 그런 식으로 자연스레 줄어들었다.

점점 나이를 먹어가면서 혼자에 익숙해져야 하는 순간들이 많아진다. 퇴근 후 울리지 않는 전화기에 익숙해져야 하고, 연락처를 훑다가 몰아쉬는 한숨에 익숙해져야 한다. 새벽에 바라본 천장과 혼자 남겨진 방이 주는 쓸쓸함에 적응해야 한다.

이 모든 것이 멀리서 보면 그냥 자연스러운 것인데도 불구하고 이토록 외롭고 불안한 것은 모든 순간을 우리 모두 처음 경험하는 것이기 때문이다.

처음이라서 낯설고 부자연스러운 시간이 오히려 자연스러운 것이다.

새벽 거리

외로움은 피로와 성질이 같다. 쌓이도록 내버려 두면 안 되는 것과 피로가 쌓이면 몸살에 걸리듯 외로움이 쌓이면 마음도 열병에 걸린다는 사실. 나는 가끔 파도처럼 밀려오는 외로움을 소화하지 못할 때면 거리로 나간다. 새벽 거리에는 잠들지 못한 존재들이 즐비하다.

새가 날아들지 않은 나무, 바람에 흔들리지 않은 꽃, 인부가 모두 퇴근한 공사현장, 인적이 드문 골목길의 가로등, 황색등만 점멸하는 신호등, 영업 중인 가게 사이로 폐업 소식을 전하는 한 사람의 마음, 똑같은 하루를 준비하는 잠든 사람들.

외롭지 않은 존재는 없다.

다만 외로움에 적응했거나

그러지 못하는 것뿐이다.

혼자여도 괜찮아

삶도 소화하지 못하면 체하기 마련이다. 인생을 논하기엔 턱없이 부족한 나이이지만 여러 사건을 경험하면서 느낀 점이 있다면 인생은 사는 게 아니라 버텨야 한다는 것이다. 산다고 말하기에는 세상이 우리를 가만히 내버려 두질 않는다.

하나의 시련이 지나가면 또 다른 시련이 다가오는 삶의 굴레에서 버티는 사람이야말로 강한 자가 된다. 하지만 강한 사람마저도 언젠가는 한계를 마주하고 만다.

소화하지 못한 삶은 체할 수밖에 없다. 나는 삶이 턱 끝까지 차올라 일상에서 해소하지 못해 답답한 갈증을 느낄 때면 여행을 떠나 해갈되길 바란다. 나에게 여행은 떠남과 동시에 벗어남이다.

벗어나고 싶다.

본격적으로 글에 집중하고 싶어 다니던 직장을 그만두었다. 일하면서 틈틈이 모아둔 돈이 있었지만, 여유를 부릴 정도는 아니었다. 한 푼이라도 아껴야 하는 상황. 하지만 나는 답답한 마음을 떨치기 위해 동해로 떠나기로 했다.

차를 빌렸다. 원하는 곳을 가고 싶었다. 목적지는 크게 중요하지 않았지만, 문득 부드러운 모래사장에 앉아 가만히 일렁이는 파도를 보고 싶었다. 추운 날이 아니라면 맛있다고 소문난 카페에 앉아 따듯한 아메리카노 한 잔과 그동안 바쁘다고 미뤄두었던 책도 읽고 싶었다.

그날의 영동고속도로는 뻥 뚫려 있었다. 한적한 도로 위에서 나는 자유로웠다. 신나는 노래가 나오면 마음껏 춤을 추기도 하고 액셀을 밟아 짜릿한 속력을 맛보기도 했다. 그러다 'MC THE MAX'의 노래가 나오면 목이 쉬도록 따라 부르기도 했다. 공적인 공간에서 사적인 시간을 보냈다. 비로소 내가 되었다.

강릉에 도착했다. 처음이지만 이곳을 선택한 이유는 바다와 커피가 있기 때문이다. 기대가 컸는지 모르겠지만, 혼자만의 시간을 꿈꾸고 떠난 강릉은 나를 반기지 않았다.

주차를 끝내고 떠나기 전 서울에서 미리 검색해서 선택한 카페로 갔다. 하지만 현관문을 열고 들어서자마자 들려오는 엄청난 소음이 나를 문밖으로 밀쳐내는 듯했다. 이곳에서 커피를 마셔야 할지 고민하는 동안 카페 안을 둘러봤다. 엄청난 소음의 정체는 다름 아닌 행복한 사람들의 웃음소리였다.

모두가 웃음을 자아내고 있었다. 누구 하나 삶의 무게를 덜어내고자 이곳으로 피난해온 사람처럼 보이지 않았다. 결국, 2시간 넘게 달려온 낯선 강릉에서도 나만 적응하지 못하는 사람이 되었다.

도망치듯 빠져나와 차로 돌아갔다. 순간 화가 치밀어 올랐다. "젠장! 이러려고 온 게 아닌데." 무엇 하나 제대로 되는 게 없는 삶이 한심하고 허망했다.

하지만 이렇게 끝나서는 안 된다. 어렵게 떠난 만큼 무엇이라도 얻고 돌아가야 했다. 나는 무작정 시동을 걸었다. 애초에 목적지는 중요하지 않았다. 해안가를 타고 달리기 시작했다. 조수석에 차창을 열자 바다에서 불어오는 바람이 나를 감싸 안았다.

혼자였지만, 외롭지 않았다. 달리고 또 달렸다. 혼자만의 시간을 가질 수 있는 곳을 찾기 위해 계속해서 두리번거렸지만, 사람은 어디에나 있었다.

이곳이다! 차를 급히 세웠다. 드디어 사람이 없는 곳을 찾았다. 선불리 주차하고 돗자리와 가방을 들고 무작정 해변으로 달렸다. '남애해변'에 돗자리를 펴고 자리에 앉았다.

그때 멀리 떨어진 곳에서 한 쌍의 노부부가 내 쪽으로 걸어오고 있었다. 부부는 서로를 꼭 껴안고 천천히 걸음을 내디뎠다. 거센 바람에 백발이 휘날렸지만, 그들의 발걸음에는 조급함이 보이지 않았다. 다행히도 부부의 존재가 내 시간을 방해하진 않았다.

나는 눈을 감고 바다를 느꼈다. 바다는 나를 받아주었다. 일정하게 일렁이는 파도 소리는 지친 나를 달래주었고, 차고 거친 바람은 그간 쌓아 둔 여러 생각과 감정을 쓸고 갔다.

마음이 한결 가벼워지자 눈을 떴다. 그 순간, 가을 햇빛에 비치어 반짝이는 물결 속에서 지난 세월의 내 모습이 보였다.

살면서 나는 내가 아닌 남을 기준으로 삼았다. 잘하지 못해서가 아니라 잘하는 사람을 보며 한없이 초라해졌다. 그런 내 삶은 갑갑했다. 그리고 그런 나에게 나는 지친 것이다. 하지만 오늘 남애해변은 나에게 많은 것을 안겨주었다.

뻥 뚫린 도로 위 혼자만의 시간 속에서 비로소 내가 될 수 있었다. 누군가 나를 앞질러 가도 전혀 불안하지 않았다. 자신에게 맞는 속력이 있는 것이다.

처음으로 찾은 강릉은 불편했다. 모두가 그곳을 좋아했지만, 나는 그러지 못했다. 평소였으면 그들과 함께 섞이려고 몸부림을 쳤을 것이다. 내 삶은 내가 아닌 남을 기준으로 삼아왔으니까. 하지만 그날은 그러지 않았다. 나는 과감히 시동을 걸고 그곳을 떠났다.

다음 도착한 남애해변에서 비록 커피는 없었지만, 세차게 넘실대는 파도와 소금기 짙은 바닷바람을 통해 지난 나를 되돌아볼 수 있었다. 계획하지 않은 곳에서 삶의 진실을 마주했다.

모두가 되려고 하는 삶은 피곤하다. 쉽게 지치고 불편하다. 다름을 인정하는 데 오랜 시간이 걸렸다. 용기가 부족했다.

조금은 혼자가 된 내가 혼자가 되고 싶은 당신에게 부족하지만 이 말을 꼭 전하고 싶다.

"시동을 걸고 과감히 핸들을 돌려라. 혼자여도 괜찮다. 모두가 같을 이유는 하나도 없다."

봄

봄이 겨울을 녹인다
창 사이로 따사로운 봄볕이 들어와
잠든 나를 깨운다
나는 낯선 햇살에 눈살을 짜그린다
어둠 속에 숨어 지냈던 나를,
봄은 기어코 찾아냈다
봄에게 자비란 없다
그 앞에서 모두가 꽃을 피워야 한다
나는 시클라멘이라 다음 겨울을 기다린다
두 눈을 감았다
빛이 밝으니 어둠이 짙어졌다

창밖에서 콧노래가 흥얼거린다
사랑을 속삭이는 연인들과
봄을 노래하는 새들의 지저귐으로
얼어붙은 거리 위에 생기가 더해진다
이불을 머리끝까지 덮었다
겨울은 혼자를 사랑했지만
봄은 혼자를 사랑하지 않는다
쓸쓸하기에 오히려 따듯했던 계절이
이별을 고한다
나는 또다시 혼자가 되었고
봄은 혼자를 사랑하지 않는다

봄 햇살에 모두가 꽃을 피우지 않아도 된다
봄 햇살에 모두가 사랑하지 않아도 된다
내 어둠은 짙어졌고
나는 더욱 혼자가 되었다

나의 진심에도 어쩔 수 없는 것

관계에 대하여 많은 생각을 하는 요즘이다. 내 나이는 어느덧 이십 대 중반을 넘어 서른이 되었다. 관계를 생각하는 내 기준도 달라졌다. 사람 마음만큼 어쩔 수 없는 것은 사람 관계라는 것을. 소중하다고 생각했던 사람을 별거 아닌 일에 잃게 되었고, 내가 그 사람을 생각하는 마음은 사뭇 진지한 데 비해 정작 나는 그 사람에게 아무것도 아니라는 것을 알게 되었을 때, 헤어짐에 공허함을 느끼기보다 만남에 공허함을 더 느끼기 시작했다.

나는 분명 모든 사람에게 좋은 사람이 되고 싶은 것이 아니라, 내가 좋은 사람이 되고 싶은 사람에게 좋은 사람으로 남겨지고 싶은 것뿐이었는데. 나의 진심에도 어쩔 수 없는 것이 사람이었다.

'정말 어쩔 수 없는 것일까?'

어렵다는 생각이 드는 문제일수록 최대한 쉽게 생각하려고 노력한다. 내가 감당할 수 있는 만큼만 감당하고자 하는 마음으로. 관계도 마찬가지다. 어쩌면 관계는 얻어지는 것도 아니고 잃게 되는 것도 아닐 수 있다. 서로에게 허락되는 연줄이 있을 터, 관계는 연(緣)이 머무르다가 떠날 때가 되면 떠난다는 것을. 그렇기에 다가오는 인연은 막을 수 없고, 멀어지는 인연은 아무리 노력해도 붙잡을 수 없지 않은가.

어려울수록 쉽게 생각해야 한다.
감당할 수 있을 만큼만 감당하고자 하는 마음으로.
때로는 어쩔 수 없는 것들은
어쩔 수 없는 대로 놓아주어야 한다.

한파주의보

처음으로 한파주의보가 내려진 날, 아무리 옷을 껴입어도 서릿김 겨울바람은 집요하게 옷 틈새를 파고들었다. 추운 겨울이 어금니를 꽉 깨물게 해도 매서운 겨울바람이 불면 입술 사이로 탄식이 절로 새어 나왔다. 오랜만에 서점을 가려고 나왔는데 날을 잘못 선택한 듯싶었다. 몸을 하도 웅크리고 있었더니 어깨가 굳어져 목 주변이 찌릿찌릿했다. 나는 버스를 기다리는 동안 가까운 건물 안으로 몸을 숨겼다. 그곳은 평화로웠고 바람 소리만 요란하게 들렸다.

투명 유리문 너머로 보이는 거리는 참혹했다. 욕설과 신음이 난무했다. 바람을 대하는 방식은 제각각

다양했다. 고통을 빨리 끝내고 싶은 사람은 뛰어가기도 했고, 바람이 불어오는 곳으로 등을 돌려 뒤로 걷는 사람도 있고, 고개를 푹 숙이고 걷다가 바람이 불 때만 잠시 걸음을 멈추는 사람도 있고, 외투 주머니에 손을 넣고 평소처럼 걷지만 입에선 욕을 퍼붓는 사람도 있었다.

불현듯 체감이란 단어가 떠올랐다.

고통을 느끼는 크기는 저마다 다를 것이다. 같은 바람이라 하여도 누구는 달리고 누구는 등을 돌린다. 잠깐의 괴로움에도 이겨내는 모습이 이토록 다른데 삶의 고통을 대하는 모습이 어째서 같을 수 있을까. 제 갈 길을 갈 뿐이다.

살아내느라 참 애썼다

혼자 떠난 속초에서 처음 바다를 보았을 때 나는 가벼이 일었다가 모래알처럼 부서지는 파도에 마음을 빼앗겼다. 파도는 쉴 새 없이 부서졌다. 흰 이빨을 드러낸 맹수처럼 무섭게 달려드는 파도는 뭍에 다다르자 야수성을 잃고 잘게 흩어졌다. 부서진 파도는 밀려왔다가 밀려가기를 반복했다. 일부는 모래를 적시고 깊게 스며들었다.

되돌아가지 못한 것일까.
되돌아가지 않은 것일까.

부서지는 존재는 아프기만 하다고 생각했다.

옛 추억이 깃든 건물이 허물어지고 낯선 건물이 새로 들어섰을 때 추억이 사라지는 듯했고, 익숙함으로 소홀한 사랑은 날끝으로 서로를 찔러 상처로 부서진 이별이 되었고, 처음으로 이루고 싶은 꿈은 나를 위한다는 주변의 충고와 시선에 흩어져 현실이란 조각을 남겼기에. 그동안의 부서짐은 사라짐에 불과했다. 그러나 오늘 바라본 파도의 부서짐은 달랐다. 부서지는 파도는 어떻게든 살아남으려고 하는 것 같았다.

지나온 세월과 앞으로 남은 세월의 합을 인생이라고 하면 하루는 인생의 파편인 걸까.

지나온 세월을 되돌아봤다. 그곳에는 부서진 내가 있었다. 현실과 꿈 사이에서 부서졌고, 이별과 사랑 사이에서 흩어졌다.

글을 한번 써보고 싶다는 마음이 점점 부풀어 꿈이 되었지만, 퇴근 후 집으로 돌아가면 책상 앞이 아닌 침대로 향했던 나는 그만큼 간절하지 않았던 걸까. 누군가를 사랑하고 싶은 마음에 시작한 연애는 상대에게 쉽게 이끌렸고, 분명 사랑이라고 믿었던 마음이 어느 날 공허로 밀려왔을 때 나는 사실 사랑받고 싶었던 걸까. 부딪혀서 부서지면 다 사라지고 헛된 것인 줄만 알았는데, 어떻게든 살아보겠다는 것이었다니.

부서진다는 것. 자신을 모두 소진하여 본래 자신으로 되돌아가고자 하는 여정이었음을 깨달았을 때 나는 바다 앞에서 쉴 새 없이 부서졌다.

모래 위에 적어 놓은 후회와 실패란 단어는 밀려온 파도와 함께 밀려가고 부서진 파도의 일부가 모래를 적시고 나니 나는 그 위에 두 번은 적을 수 없었다.

한결 가벼워진 기분이 들었다. 그러자 허기가 졌다. 빈속을 달래기 위해 왔던 길을 되돌아갔다. 남겨진 발자국을 따라서 한 걸음 한 걸음 내딛자 금세 첫 발자국에 다다랐다. 그곳은 파도가 닿지 않는 곳이었다. 태풍이 온다면 모르겠지만 당분간 그럴 일은 없어 보였다.

'살아내느라 참 애썼다.'

첫 발자국 옆에 나란히 적어두었다.

열심히 살았으나 중요한 것을 놓치면서 산 것은 아니었나. 못내 아쉬움이 파도처럼 밀려왔지만, 살아내느라 참 애썼다는 말로 아쉬움을 밀어냈다. 누군가 그것이 포기와 다를 게 무엇이냐고 묻는다면, 나는 어떻게든 살아보겠다는 것이었다고 답해줄 것이다.

부단히 사느라 정말로 애썼다.

한 번쯤 그런 날

여느 때와 다름없는 하루를 보내다가 불쑥 텅 비어있는 듯한 느낌이 들 때가 있다. 그럭저럭 평범하게 지내는 데도 한 번쯤 그런 날이 온다.

텅 빈 마음에 우울과 무기력함이 무자비하게 쏟아진다. 모든 이별처럼 피할 수가 없다. 오히려 우울과 무기력함이 가득 고인 마음은 늪과 같아서 섣불리 발을 디뎠다가는 안으로 빨려 들어가 쉽게 헤어나지 못한다.

자신만의 방법을 만들어야 하는데 이게 참 어려운 게 어떤 날은 마음 맞는 사람을 만나 시간을 보내면 괜찮아지고, 어떤 날은 조용히 혼자 산책하다 보면 소란했던 마음이 잔잔해지고, 또 어떤 날은 영화를 보거나 음악을 듣다 보면(물론 나는 주로 독서를 통해서) 열 마디의 말보다 한 문장에 위로를 얻을 때도 있기 때문에 어떤 방법이 꼭 정답이라고 할 수가 없다.

하지만 어떤 날은 무엇도 하기 싫은 날이 있다. 밖을 나가면 꼭 나만 힘든 거 같아서 싫고, 영화를 보자니 음악을 듣자니 책을 읽자니 무엇을 선택해야 할지 몰라 짜증만 나는 날. 그럴 때 나는 빨래를 돌린다. 그날 입고 있던 옷을 모조리 세탁기에 넣는다.

처음 시작 버튼을 누르면 세탁기는 세탁조를 회전시켜 무게를 가늠하고 스스로 필요한 만큼의 물 양을 채워 넣는다. 무게에 따라서 세탁 시간도 정해진다. 짧게는 약 40분부터 길게는 약 1시간 30분. 어떤 날은 일부러 이불을 넣어서 오래 바라봤던 적도 있다. 물이 차면 빨래가 본격적으로 시작한다. 통이 돌아갈 때 위잉. 옷가지가 돌아갈 때 둥둥. 세탁기가 돌아가는 소리를 가만히 듣다 보면 묵혀 두었던 미련이나 그리움 같은 것들이 떠오를 때가 있다. 힘들게 마음을 털어놓지 않아도 먼저 마음을 알아주는 기분이

랄까. 그리고 헹굼과 탈수가 시작되면 전보다 세차게 돌아가는 소리가 등을 다독거려주는 듯한 착각이 들기도 한다. 마지막으로 세탁이 완료되면 울리는 짧은 멜로디가 나를 흔들어 깨운다. 그렇게 세탁기를 열면 세제 냄새가 물씬 풍겨와 묵힌 때가 씻겨 나간 거 같이 마음이 한결 가벼워진다.

살면서 권태와 허무는 피할 수 없어 보인다. 특히 관계에서 권태와 허무를 느낀다면 자신에게 혼자인 시간을 내어줄 때이다. 관계는 나와 타인뿐만 아니라 '나와 삶'과 '나와 나' 모두 관련 있기에 나를 먼저 살펴야 다른 것을 살필 여유가 생긴다.

오롯이 혼자가 되지 않으면 스스로 온전할 수가 없다. 혼자인 시간을 통해 오히려 나와 타인과의 관계에서 깨달은 게 하나 있다. 모든 사람에게 좋은 사람이 되고자 했던 행동들이 오히려 자신에게 좋은 사람이 될 기회를 주지 않았다는 것. 그때부터 나에게 집중하고자 했다. 혼자 여행을 떠나기 시작한 것도 세탁기를 통해 텅 빈 마음을 채우기 시작한 것도 그때부터였다. 혼자인 시간을 잘 활용하다 보면 한 번씩 찾아오는 텅 비어있는 듯한 마음에 의연해질 수 있다. 자신만의 방법을 찾기를 바란다. 우리는 여러 관계 속에서 살아가지만, 혼자가 되는 순간을 피할 수 없기 때문이다.

불안한 자신을 불안해하지 않았으면 해

출간 계약을 했다고 SNS에 소식을 전한 날, DM으로 장문의 편지가 왔다. 축하 인사와 함께 조언을 구하는 내용이었다. 처음에는 '내가 누군가에게 조언할 자격이 있나?' 싶은 마음에 답장을 미루고, 다음 날에는 '많이 읽고, 많이 써라'와 같은 교과서적인 조언 말고 해줄 수 있는 말이 없을까 고민했다. 그가 어렵게 용기 낸 마음에 나 역시 진심으로 다가가고 싶었다. 예전의 내가 그랬었으니까.

답장을 하기까지 사흘이 걸렸다. 하루는 그가 SNS에 올린 글을 전부 읽었다. 그의 글에는 진솔함이 가득 묻어 있었다. 그가 느꼈던 불안과 고민, 혼란과 좌절, 그럼에도 불구하고 자신을 믿어보려고 하는 희망이 그곳에 있었다. 어떤 면에서 그가 나보다 나아 보였다.

"꾸준히 쓰려면 부족하지 않게 먹고, 자고, 걸어야 합니다. 그러나 목표한 바를 끝내 이루고 싶으면 앞으로 느낄 수많은 감정에 사사로이 이유를 붙이지 않아야 합니다. 감정에 이유를 붙이기 시작하면 감정의 덩치가 커져 정작 그 감정과 마주 봐야 할 때 두려운 마음에 고개를 돌리게 됩니다.

'잘할 수 있을까?' 불안에 자주 흔들릴 테고, '안 되면 어떡하지?' 걱정에 잠 못 이루는 날이 많을 겁니다.

어떤 날엔 한 글자도 적지 못하고 커서만 깜빡이는 화면을 보게 될 겁니다. 자신의 무능함을 탓하지 말고, 씻지 않았으면 씻고, 먹지 않았으면 먹고, 한동안 나가지 않았으면 동네를 걸었으면 합니다.

어떤 날엔 다른 사람과 나를 비교하게 될 겁니다. 내가 밤을 지새우며 고민했던 표현을 누군가 먼저 했을 때 이루 다 말하지 못할 상실과 박탈감이 들곤 할 겁니다. 하지만 그동안의 시간과 노력을 의심하지 않았으면 합니다. 당신이 써 내려간 어떤 표현은 누군가가 밤새 고민했을 표현일 겁니다.

저 역시 글쓰기를 처음 포기했을 때 가장 많이 했던 후회이며, 주변에 글을 쓴다고 하는 사람들이 중간에 포기할 때 이유이기도 해서 제 경험을 말씀드립니다.

무엇보다 아프지 않아야 합니다. 몸이 약해지면 정신도 약해집니다. 그러기 위해서는 처음 말한 것처럼 부족하지 않게 먹고, 자고, 걸어야 합니다. 먼 곳에서도 당신을 응원하겠습니다. 오늘은 날이 참 좋습니다. 하늘도 당신을 응원하는가 봅니다."

다음 날 그에게서 답장이 왔다. 고맙다는 말과 함께 글쓰기 비법에 관해 물었는데, 나는 그 어떤 도움도 주지 못했다. 나 역시 고민하는 물음이었기에.

글쓰기에 정답이 있을까? 나는 없다고 믿는 쪽이다. 사람마다 목표한 바가 다르고, 예술은 허기지면서도 자유로운 곳에서 오지 않는가. 내가 걷는 그 길이 곧 나의 길이 될 뿐이다.

삶도 매한가지다. 무슨 일이든 끝까지 해내는 사람은 불안해하는 자신을 불안해하지 않는다. 걱정이 많은 자신을 걱정하지 않고, 살아가면서 느낄 감정들에 사사로이 이유를 붙이지 않는다. 함께하는 것은 언제나 흔들린다. 숲을 보기 위해 나무가 흔들리는 것처럼, 나무를 보기 위해 잎이 흔들리는 것처럼. 잘하고 싶은 마음과 잘 살고 싶은 마음도 흔들린다. 먼 곳을 보라고 가까운 지금이 흔들린다.

4부

질문은 늘 나를 향해 있는데,
나는 내가 아닌 타인을 통해 답을 찾으려고 했다.

바다 보러 가자

"바다 보러 가자."

30분 동안 아무 말 하지 않았던 내가 처음으로 꺼낸 말이었다. 그녀는 갑작스러운 제안에 놀란 듯 보였다. 그녀는 딱히 이유를 묻지 않았다. 단지, 지금이라고 물었고, 나는 지금이라고 대답했을 뿐이었다. 우리는 그렇게 양양으로 향했다.

그녀는 그토록 원하고 오래 준비했던 회사 최종 면접에서 불합격 통보를 받았다. 그 소식을 전하는 그녀가 지쳐 보였다. 약 일주일 전만 해도 그녀는 오늘과 사뭇 다른 눈빛을 하고 있었다. 기대하는 눈빛이었다.

"이번엔 될 거 같아. 그래. 아직은 잘 모르지만 그

래도 이번엔 될 거 같다니까?"

한껏 들뜬 목소리로 그녀는 주문을 외우듯 같은 말을 반복했다. 하지만 불합격이라니, 나조차도 쉽게 받아들여지지 않았다.

양양으로 이동하는 차 안에서 우리는 많은 대화를 나누지 않았다. "노래 틀어줄까?", "난 괜찮은데 너 듣고 싶으면 들어", "바다는 얼마 만에 가는 거야?", "글쎄. 꽤 오랜만에 가는 거 같은데." 짧은 대화가 끝나고 엔진 소리만이 우리 둘 사이의 정적을 가득 메웠다. 나는 중간 중간 고개를 돌려 그녀를 확인했다. 그녀는 말없이 차창 밖을 보고 있었다. 그녀를 둘러싼 공기마저도 힘이 없는 것처럼 느껴졌다. 우리는 점점 홍천을 지나 양양으로 가고 있었다.

낙산해수욕장에 도착했다. 차에서 내리자 소금기 가득한 바닷바람이 코끝에 맴돌았다. 그녀와 나는 부드러운 모래사장을 밟으며 파도가 넘실거리는 곳으로 다가갔다. 그녀는 바다에 눈을 떼지 못했다. "잠깐 여기 있어. 차에 갔다 올게." 나는 그녀에게 혼자만의 시간을 주고 싶었다. 멀리서 지켜보기로 했다.

둘밖에 없는 해수욕장에는 파도 소리만 가득했다. 파도는 해안가로 밀려왔다가 밀려가기를 반복했다. 밀려오는 물결에 그녀가 무엇을 담았는지 밀려가는 물결이 무겁게만 느껴졌다. 그녀는 나의 오랜 친구였지만 나는 그녀가 무엇을 담았는지 알 수가 없었다. 다음 날의 희망이거나 지난날의 후회일 수도 있고, 이루지 못한 꿈이거나 벗어나고 싶은 현실일 수도 있겠지만, 그것은 나에게 중요하지 않았다. 다만, 그것이 다시 돌아오지 못하도록 저 멀리 떠내려갔으면 하는 바람과 누구에게도 닿지 못하도록 저 깊은 곳으로 가라앉았으면 하는 마음뿐이었다. 이 순간에 아픈 사람은 그녀만으로 충분했다.

시간이 얼마나 지났을까. 한동안 가만히 있던 그녀가 두리번거리더니 뒤에 있는 나를 발견하고선 나에게 다가온다. 힘겹게 내디뎠던 발걸음이 제법 가벼워져 보였다. 얼굴을 확인할 수 있을 정도로 가까워지자 그녀가 옅은 미소를 지어 보였다. "이제 돌아갈까?" 그녀가 말했다.

서울로 돌아가는 동안 나는 그녀에게 바다를 보

면서 무슨 생각을 했는지 물어봤다. 그녀는 지난 시간들이 떠올랐다고 했다. 아등바등하며 살아왔던 지난 세월, 누구는 해외여행 갈 때 자신은 그 돈을 벌어야만 했었고, 누구는 연인과 추억을 만들 때 자신은 오늘만을 생각하며 버텨왔다고. 그런데 무엇을 위해 그토록 열심히 살았는지 하루쯤은 오늘 같은 시간을 내어주었어도 괜찮지 않았을까, 생각했다고 말했다.

사실 그녀는 가끔 아무것도 안 하고 쉬고 싶다는 말을 하긴 했었다. 그럴 때마다 나는 주말에 가까운 곳이라도 가서 바람 좀 쐬고 오자는 제안을 했었지만, 그녀는 지금은 그럴 수 없다며 거절했었다. 다음을 약속하면서.

그녀는 갑자기 듣고 싶은 노래가 있다면서 '패닉'의 〈정류장〉이라는 노래를 틀었다. 노래가 흘러나오자 그녀가 따라 불렀다. '해 질 무렵 바람도 몹시 불던 날 집에 돌아오는 길 버스 창가에 앉아…' 나도 따라 흥얼거렸지만, 가사에서 '희미하게 일렁이는'이란 가사가 나오자 아까 낙산에서 마주했던 그 물결이 떠올랐다. 그녀의 지난 시간은 어디로 향하고 있을까. 밀어내는 존재가 사라졌으니 그 시간들은 어둡고 추운 깊은 곳으로 가라앉고 있지 않을까.

노래가 끝나자 그녀가 나에게 물었다.

"그런데 왜 갑자기 바다를 보러 가자고 한 거야?"

"떠나고 싶을 때 떠날 수 있다는 것을 보여주고 싶었어."

저물어가는 노을 사이로

끝없이 펼쳐진 고속도로가 유난히 빛났다.

침묵이 전하는 위로

그날 후배와 나는 위로에 관해 얘기했다.

선배는 주로 위로를 할 때 듣는 편이에요? 말하는 편이에요? 나는 주로 듣는 편이지.

그럼 상대가 울면 어떡해요? 울음소리를 듣곤 하지.

그래서 아무 말도 하지 않고 듣고만 있다고요? 상대의 흐르는 눈물을 닦아주려 하지 말고 마지막 눈물을 기다려줘. 지혜 섞인 조언보단 진심 섞인 침묵도 괜찮아.

알겠어요. 선배, 그럼 사랑은요? 사랑은 어떻게

위로해요? 글쎄. 후배는 실망했다. 기다려야지. 내가 말하자 후배가 되묻는다.

무엇을요? 사랑이 떠나주길 기다려야지.

사랑은 언제 떠나는데요? 더는 사랑할 수 없을 때.

네? 후배의 얼굴이 찡그러졌다. 나는 깊은 한숨을 내쉬고 말했다.

사랑을 어떻게 위로해. 사랑이 위로를 남겼는데. 우리는 그 위로를 믿고 다시 한번 사랑을 꿈꾸는데.

그러고선 우리는 한동안 서로에게 어떤 말도 건네지 않은 채 학교 호숫가를 걸었다. 호수에 비친 달빛이 흔들거린다. 누군가 돌을 던진 듯 첨벙 소리와 함께 흐린 빛줄기가 물결에 따라 일렁였다. 후배는 지금 무슨 생각을 하는 걸까. 나는 곧 그의 말 한마디에 그가 무슨 생각에 잠겼었는지 깨달았다. 하지만 후배의 말이 둘 사이의 적막을 더욱 돋우었다.

오늘 달빛이 참 외롭네요.

두 발

공원을 배회하다가 아름다운 광경을 목격했다. 가벼운 차림으로 나온 아버지와 모든 안전장비를 갖춘 딸이 자전거 타기 연습을 하고 있었다.

아버지는 뒤에서 허리를 굽혀가며 딸이 넘어지지 않게 자전거를 붙잡고 있었지만, 딸은 겁이 나서 그런지 페달에 발을 올리지 못했다. 10분 정도 같은 상황은 반복했다. 아버지는 겁에 질린 딸을 나무라지 않았다. 오히려 나긋한 목소리로 딸을 격려했다.

"아빠가 뒤에서 잡고 있으니 발을 한번 올려보렴."

지친 아버지와 딸은 잠시 공원 의자에 앉아 물을 마시면서 대화를 나눴다.

"힘들지? 처음에는 다 두렵고 힘들단다."

"무서워."

"아빠가 뒤에서 잡고 있으니 무서워하지 않아도 된단다."

"그래도 무서워."

"우리 딸, 잘하고 있어. 이번에는 발을 한 번 올려 볼까?"

"넘어질 거 같아서 무섭단 말이야."

분명 아버지는 딸이 넘어지지 않게 붙들고 있었지만, 딸은 그런 아버지를 볼 수 없었다. 처음 타는 자전거 위에서 두려움에 사로잡혀 뒤를 돌아볼 여유가 없었을 테니까.

딸의 마지막 말을 듣고 아버지는 고개를 돌려 맞은편에 있는 갈대숲을 바라봤다. 그는 나지막하게 이런 말을 내뱉었다.

"넘어지지 않으면 일어서는 법을 알지 못할 거야."

그들의 연습은 다시 시작됐다. 역시나 전과 다를 게 없었지만, 이번엔 딸의 눈빛이 사뭇 달라졌다. 발을 올리기로 결심한 듯 보였다. 나는 속으로 딸의 성공을 응원했다.

마침내 어린 소녀는 두려움을 이기고 처음 발을 올리는 데 성공했다. 뒤에서 끌어 주는 아버지의 속력에 맞춰 두 발을 움직이기 시작했다. 그 순간 아버지는 오히려 속력을 올리는 듯했다. 딸이 눈치채지 못하게 계속 앞에 있는 딸을 칭찬했다. 바퀴가 제법 빠르게 굴러가자 아버지는 붙잡고 있던 손을 놓았다. 역시나 딸은 얼마 가지 못해 중심을 잃고 넘어졌다. 뒤에서 가만히 바라보던 아버지는 딸의 울음소리를 듣고 황급히 달려가 딸을 안아주었다.

나는 자리에서 일어났다. 공원을 다시 배회하면서 갈대숲을 보며 했던 아버지의 말을 되새겼다. 그는 넘어진 딸에게 이젠 일어서는 법을 알려줄 것이다.

뒤에서 붙잡고 있던 손을 처음 놓았을 때 아버지의 눈에는 걱정스러움이 가득했다. 나는 그 모습을 지켜보면서 부모는 언제까지 자식을 붙잡고 있을 수 없기에 때가 되면 손을 놓지만, 뒤에서 묵묵히 자식의 뒷모습을 걱정스럽게 바라보고 있는 거구나, 생각했다.

삶과 자전거의 성질에 대해 곰곰이 생각해 보았다. 끊임없이 발판을 밟고 있는 내 모습이 그려졌다. 이토록 달리는 이유는 무엇일까. 허벅지가 땅기고 엉덩이는 아파져 오고 호흡이 거칠어지지만 멈추지 못하는 이유는 쓰러지는 것이 겁나는 게 아니라 멈추는 게 두려웠던 것일까.

삶에서 멈춤은 단순히 행동을 멈추는 것보다 자신에게 시간을 내어주는 의미가 크다. 하지만 자전거 위에서나 인생에서나 멈춰 서는 일이 어렵게 느껴지는 것은 예전이나 지금이나 매한가지다.

나아가지 않으면 결국 넘어지는 자전거와 달리 우리는 같은 두 발을 가지고 있음에도 넘어지지 않는 것은 잠시 멈춰 쉬어도 괜찮다는 의미이지 않을까.

사람이 죽으면 꽃이 필까

죽고 싶다는 사람을 만났다. 우리가 흔히 농담처럼 말하는 '죽고 싶다'라는 느낌이 아니었다. 그가 죽고 싶다고 말하던 순간, 그의 눈빛을 봤던 나는 한동안 어떤 말도 건네질 못했다.

그는 삶의 의미를 찾지 못하겠다고 했다. 살아야 할 이유를 모르겠다며 차라리 죽는 것이 덜 고통스럽겠다고 나에게 담담하게 말했다. 그의 이야기를 듣는 내내 나는 숨소리조차 내지 못했다. 그의 눈빛엔 정말이지 어둠이 가득했다. 어둠은 빛의 반대말이 아니라 빛의 부재에서 드러나는 존재라고 하는데 그가 말한 대로 그는 빛이라는 삶의 이유를 잃어버린 듯했다. 그가 나의 답변을 기다리는 것 같았다.

그가 기다리는 것은 나의 위로일까 아니면 기다림일까. 그것도 아니면 자기 대신 내려줄 누군가의 결심이었을까. 나는 한참을 고민하다가 그에게 "지금은 너무 추우니 조금 더 기다려보자"고 말을 건넸다.

1월이었다. 집에서 제일 두꺼운 옷을 입고 나와도 춥다는 말이 절로 입 밖으로 튀어나올 날씨였다. 그런 날씨에 죽겠다는 것은 상상조차 하기 싫었다. 차라리 봄이 낫지 않겠냐며 그에게 말을 건네는 나조차 내가 죽음에 이르는 순간 그때가 겨울이 아니었으면 했다. 나는 겨울에 태어났어도 겨울에 죽고 싶진 않았다.

"봄까지 기다려보는 건 어때?"

그는 내 말을 듣고 옅은 미소와 함께 고맙다는 말을 건넸다. 그의 검은 눈동자 속에서 옅은 빛줄기가 보이는 듯했다.

죽음을 결심한 사람도 죽음을 결정할 사람도 계절을 생각한다. 아마 나에게 죽고 싶다는 말을 건넸을 때 그 역시 마음 한편으로는 계절을 생각했을 것이다. 그게 어떤 계절인지는 모르겠으나, 나는 꽃이 피는 계절이었으면 좋겠다고 생각했다.

엎친 데 덮친 격이라는 말이 있다. 이 말은 꼭 긍정적인 상황에서가 아니라 힘든 상황에서 주로 더 위력을 발휘한다. 힘든 일은 어째서 한번에 찾아오는 것인지. 힘들 때 더 힘든 게 찾아오고 이제 끝난 줄 알았으나 더 힘든 게 찾아와 차라리 죽고 싶다는 생각이 들 정도였다. 그런 시간을 견디고 난 후에야 시간이 흐른다는 것을 알 수 있었고, 딱히 극복하거나 해결되지 않았다고 믿었으나 지금은 괜찮은 걸 보면 어쩌지 시간이 해결해준다는 그 진리 같은 말이 세상에 존재한다고 나는 믿어볼까 한다.

애증의 관계

오랜만에 그녀를 만났다. 약 1년 만이다. 무의미하게 주고받는 다수의 연락과 잦은 만남보다 내게는 이 한 번의 만남이 더욱 소중하다. 나는 낯선 사람을 만나고 나면 굉장히 피곤함을 느낀다. 나도 모르게 상대를 파악하려고 하기 때문이다. 자주 사용하는 단어, 전체적으로 말하는 목소리의 톤, 눈빛의 온도, 사소한 습관이나 버릇까지 그 만남이 특별히 가치가 없더라도 습관적으로 알려고 한다. 하지만 그녀는 다르다. 1년에 한 번 보는 관계임에도 이상할 만큼 편하다. 처음 만났을 때부터 지금까지 한결같은 따듯한 눈빛과 목소리가 나를 편안하게 한다. 그렇다고 무척 편하게 만날 가까운 사이는 아니다. 멋을 부려 꾸며야 하는 그런 관계 또한 아니다. 난 이 미지근한 관계가 좋다.

만나기로 한 카페에 도착했다. 커피를 주문하고 적당히 조용한 자리를 찾아 앉았다. 조금 있자 건너편에서 익숙한 목소리가 들려온다. "오~ 김 작가." 나는 자리에서 일어나면서 반가운 미소와 함께 인사를 건넸다. 이렇게 가끔 만나는 우리는 서로의 안부를 묻고 얘기하는 것만으로도 1시간을 훌쩍 넘긴다. 하지만 오늘은 그녀가 조금 낯설었다. 처음 인사를 건네고 얘기하는 동안에도 어두운 얼굴을 하고 있는 그녀가 마음에 계속 걸렸다. 한결같이 따듯한 눈빛이 오늘은 무미건조하게 느껴졌다. 분명 다음 직장을 옮기는 동안 쉬는 중이라고 얘기했는데 그 어디에서도 휴식의 여유로움을 찾을 수 없었다.

그녀는 계속 질문을 했다. 질문에 대한 내 이야기가 끝날 즈음이면 또 다른 질문을, 그리고 역시 끝날 때가 되면 또 다른 질문을 쉬지 않고 했다. 한 30분 정도 혼자 떠들었을 것이다. 역시나 내 얘기가 끝날 즈음이 되자 그녀가 또 질문하려고 했다. 나는 다급하게 "잠시만!"을 외치며 한동안 갖고 있었던 발언권을 그녀에게 넘겨주었다.

그렇게 그녀의 근황을 물어봤다. 그녀는 쉬고 있다고 대답했다. 자신 없는 눈빛과 목소리는 나를 더욱 불편하게 했다. 그러나 말하고 싶지 않은 얘기를 억지로 질문해서 대답해야 하는 그런 난처한 상황을 만들고 싶지 않았다. 한참을 망설였다. 그녀가 곤란한 모습을 보이면 재빨리 다른 화제로 넘어갈 수 있는 이야기를 생각해 놓은 다음 결국 참지 못하고 물어봤다.

"무슨 걱정 있는 거야? 무슨 일 있어?"

그러자 그녀는 놀란 토끼 눈을 하고서 나를 쳐다봤다.

"걱정은 무슨, 아무 일도 없어."

그녀가 대답했다. 나는 그녀가 일부러 숨기고 있다고 생각했기 때문에 다시 물었다. 그녀는 깊은 한숨을 내쉬었다. 약간의 난처한 얼굴을 보이자 나는 더 묻지 않았다. 둘 사이에 잠깐 어색한 침묵이 흘렀다. 그녀는 망설이다가 어렵게 입을 뗐다.

"사실, 나 요즘 과호흡 때문에 병원도 갔다 오고 그랬거든…."

놀랐다. 매사에 활기가 넘쳤던 그녀에게 무슨 일이 있었던 것일까.

"힘들겠다. 지금은 좀 어때?"

"많이 나아졌어. 처음엔 이러다 숨이 막혀 죽겠다는 생각이 들었어."

"그렇구나. 근데 무엇 때문에?"

"외로움. 외로웠어."

그 말이 낯설지가 않았다

"그래서 병원에 갔었구나. 그럼 약을 먹는 중이야?"

"아니. 약은 안 먹고 있어. 나는 약이 필요하지 않고 대화가 필요했었거든."

'대화가 필요했다'라는 그녀의 말에 심장이 따끔거렸다. 시끄러운 카페 안이 순간 고요해졌다. 시간이 멈춘 듯했다.

그녀가 다닌다는 병원에 관해 물었다. 사실 같은 이유로 병원에 가야 했었는데 선뜻 용기를 내지 못하고 있었기 때문이다. 그녀가 놀라는 듯했다.

이직을 준비하는 동안 아버지와 집에서 부딪히게 되면서 언젠가부터 집에 머무는 것 자체를 견디기가 힘들어 병원을 찾았다는 그녀는 병원에서 뜻하지 않은 진단을 받았다. 아버지에 대한 미움이 가득한 자신을 두고 실은 아버지를 많이 사랑한다고 했다는 것이다.

처음 그 말을 들었을 때는 의사의 자질을 의심했다고 했다. 그러나 상담실 문을 열고 나올 때쯤 고개를 끄덕이지 않을 수 없었다는 것이다. 그녀의 목소리는 가늘게 떨리고 있었다.

"미영(가명) 씨는 사실 아버지를 굉장히 사랑하고 계세요. 오늘 이렇게 찾아온 것도 아버지와 자신의 관계를 회복하고 싶어서 찾아왔어요. 미영 씨와 아버지는 애증의 관계예요. 만약 이 말이 이해가 안 된다면 아버지가 어느 날 갑자기 세상에서 사라졌다고 생각해보세요. 내가 본 미영 씨는 아버지의 부재에 괴로워하고 아파하고 아마 더 외로워할 거예요."

얘기를 듣는 내내 그녀의 눈을 쳐다볼 수 없었다.

목소리만으로도 나를 구석으로 몰아세우는 것 같았다. 그녀가 말을 마쳤다. 그리고 잠시 화장실을 다녀오겠다며 자리를 비웠다. 떠난 빈자리에 쓸쓸함만이 그 자리를 대신했다.

나는 애증의 관계에 대해서 깊이 생각했다. 아니, 애증 하면 떠오르는 사람과 나에 대해서 깊이 생각했다. 답을 찾지 못하고 한참 고민에 빠져있을 때 그녀가 돌아왔다. 그녀는 다음 약속이 있어서 이만 가야 한다고 했다. 우리는 함께 카페에서 나왔다. 그리고 헤어지기 전 그녀는 이런 말을 건넸다.

"1년 뒤에 봐. 그리고 너도 꼭 병원에 가 봐."

연중행사와 같은 만남이 끝났다. 집으로 가는 동안 애증의 관계에 대해서 다시 생각했다. 역시 답이 나오지 않았다. 그러나 한편으로 원망하는 만큼 사랑하는 거라면 나도 그 사람을 무척 사랑해서 그런 것일까? 하고 생각했다. 이상하게도 그 원망의 짙은 색이 조금 옅어지는 것을 느낄 수 있었다.

작은 다짐

예전에 만나던 친구가 저에게 이런 질문을 하더라고요. "너는 어떤 사람이고 싶어?" 살면서 그런 질문을 받아본 적이 없었어요. 대개 꿈이나 하고 싶은 일을 물어보잖아요. 사실 그때는 그게 같은 의미인 줄 알았어요.

"해가 지는 곳에서 별들을 위한 글을 쓰고 싶어." 그러자 그녀는 옅은 미소를 짓더니 "아니. 그거 말고. 하고 싶은 거 말고 어떤 사람이 되고 싶냐고"라고 되물었어요. "글쎄." 한동안 아무 말 없이 한강을 바라봤어요. 그때 노을이 지고 있었는데 간신히 입을 떼고 보니 사방이 어두컴컴해졌더라고요.

“작은 바다를 품은 사람이 되고 싶어.” 오랜 기다림에 지친 그녀가 의외의 답에 조금 놀란 듯 보였어요.

“나는 요란하게 휘몰아치는 파도를 묵묵히 껴안아 줄 수 있는 사람이 되고 싶어. 일상에서 도망쳐온 사람들이 잠시 머물러갈 수 있는 사람. 아, 그리고 말이야.” 잠깐 숨을 고른 뒤 말했어요. “표류하는 바다의 자유. 하지만 그럼에도 자신을 잃지 않는 신념을 지킬 수 있는 사람이 되고 싶어.”

그 순간 심장이 뜨거워졌고 손이 떨렸어요. 내가 가야 할 길이 보였다고 할까요. 무언가 대단한 걸 얘기한 것 같았어요. 하지만 그게 끝이었죠. 그녀와 같은 질문을 하는 사람을 아직 만나지 못했거든요.

저는 가끔 그녀와 함께 앉았던 한강의 그곳으로 가요. 신념을 지키기 위해서, 그 순간을 되새기려요. “해가 지는 곳에서 별들을 위한 글을 쓰고 싶어.” 그래서 그런지 이 말을 할 때마다 그녀 생각이 나네요.

6월

창가에서 빗소리가 들린다. 후드득- 하는 소리는 누가 내는 소리인가. 빗방울의 노랫소리인가. 지면의 심장 소리인가. 구름의 울음소리인가. 아니면 하늘의 목소리인가. 그 소리는 무겁지 아니하고 가벼웠지만 가벼운 빗소리에도 잔잔했던 마음이 일렁인다. 열린 창문 사이로 비바람이 들어와 방 안 가득했던 새벽의 정적을 옭아매고 유유히 왔던 길로 돌아간다.

나는 왜 이렇게 흔들거리는 사람인 걸까. 이처럼 가벼운 것에도 이토록 흔들리는 걸까. 바람이 만든 균열이 새벽을 더욱 소란하게 했다. 불완전한 세상과 불안정한 나 사이에서 사라지는 것과 존재하는 것을 사유했다.

비가 그치고 웅덩이엔 빗물이 고이듯 현재는 사라지고 과거는 존재한다. 우리는 사라졌다가도 존재하기도 하고 존재했다가도 사라지기도 한다. 불안정한 시간과 불완전한 인간이기에 우리는 흔들리고 넘어지고 괜찮다가도 괜찮지 아니한다.

그동안 당신은 어떻게 지냈는지 묻고 싶다. 마음처럼 되지 않는 시간 속에서 잘 견뎠는지. 불안과 두려움 속에서 잘 숨었는지. 사랑과 이별 사이에서 길을 잃지 않았는지. 쉽지 않았다고 꽤 힘들었다고 말해줄 당신의 지친 목소리를 기다리고 있겠다고 말해줄 것이다.

6월이 시작됐다. 해가 길어지면서 밤이 짧아졌지만, 누군가의 밤은 겨울보다 더욱 짙어져만 간다. 나는 6월을 완전한 달이라고 부른다. 12개의 달 중 가장 조화로운 달이기에. 반을 나눌 수 있다는 것은 꽤 공평해 보이기까지 한다.

관계도 중요하고 사랑도 중요하지만 6월만큼은 내가 우선이 되었으면 한다. 몸도 마음도 정비하는 시간을 가졌으면 한다. 나를 되돌아보고 마음을 바라보았으면 한다. 장마가 시작되면 우리에게 여유는 허락되지 아니할 테니.

부디 6월에는
내가 나로서
우선이 되었으면 한다.

부서지는 파도가 만든 깊은 바다

퇴근하고 집으로 향하는 버스에 몸을 실었다. 금요일이라서 그런지 평소보다 사람이 많지 않았다. 나는 서둘러 창밖을 볼 수 있는 자리로 향했다. 평소 같았으면 누군가의 뒤통수나 어깨를 보면서 가야 했는데 이렇게 창밖의 풍경을 볼 수 있는 것만으로도 미소가 지어졌다. 소소하지만 확실한 행복이란 게 바로 이런 것일까.

버스가 출발하자 창밖의 풍경이 서서히 뒤로 밀려났다. 사람도, 가로수도, 건물들도 전부 뒤로 멀어져 갔다. 순간을 지나면 또 다른 순간에 맞닿았지만, 이상하게도 나아간다는 의미보다 중요한 걸 놓치고 멀어지고 있다는 기분이었다. 뒤처지거나 앞지른다는 것. 시간마저 서로 경쟁하는 것처럼 느껴졌다. 버스가 다음 정거장에 정차하자 건물 사이로 노을 지는 하늘이 보였다. 붉게 물든 하늘이 마치 고된 하루를 마치고 충혈된 내 눈동자 같았다. 그 순간 하품인지 한숨인지 모를 무거운 숨이 입술 사이로 터져 나왔다.

도망가고 싶다. 그때 나는 도망가고 싶다고 생각했다. 어쩌면 오래전부터 나는 도망가고 싶었는지도 모른다. 무엇으로부터 도망치고 싶은지도 모르고. 멀어지고 싶은 건지. 멀어지기를 바라는 건지도 몰랐다. 가끔 이런 불안이 몸집을 키우고 엄습해올 때면 나는 어디론가 연락을 취하곤 했다.

"바다 선생. 오늘의 저는 도망가고 싶다는 생각을 했습니다. 다니는 직장을 그만두고 글쓰기에만 집중해서 하루를 보내고 싶다는 생각을 자주하고 있습니다. 그런데 왜 글을 쓰고 싶은지, 왜 회사를 그만두고 싶은 것인지 모르겠습니다. 하고 싶어서란 마음만으로 하고 싶은 일을 선택한다는 건 과연 옳은 선택일까요?"

바다 선생과 나는 2년 전 우연히 나간 독서 모임에서 만났다. 두 번 정도 그와 마주쳤을 때 나는 그가 자기 생각을 말할 때면 먼저 "제 경험으로 비추어봤을 때…"라고 말을 시작한다는 것을 알아챘다. 그날 모임이 끝나고 집으로 돌아가는 길에 나는 그를 불러 세웠다. 무례하다는 걸 알면서도 말의 습관에는 숨겨진 이유가 있을 거란 내 호기심이 무례함을 잊게 했다. 그의 이유는 다름에서 비롯되었다고 했다.

"다르다는 건 그만큼 돋보인다는 의미이고, 돋보인다는 건 언제나 비난에 쉽게 노출되었다는 의미이기도 하죠. 다름이 틀림이 되는 건 전염병처럼 한순간에 퍼집니다. 그런데 생각이 다르다는 것은 쉽게 인정 안 하려고 하면서 경험이 다르다고 말하면 오히려 다름을 인정하려고 하더라고요. 아마 그때부터였을 거예요. 경험을 내세우면서 내 생각을 말하기 시작했던 것이."

그날 이후 나는 그를 유심히 관찰했다. 그의 목소리는 중저음에 울림이 강했다. 그가 말할 때면 이상하게 주변 소음이 들리지 않을 정도로 그의 목소리가 나를 자주 압도했다. 나는 그가 바라보는 삶의 시선에서 바다를 떠올렸다. 잔잔하면서도 깊고, 자유로우면서도 단단하다고 느꼈다. 언제 한번 이 얘기를 그에게 들려줬는데 그가 호탕하게 웃더니 "바다는 파도를 통해 자신의 마음을 이야기한다죠. 흔들리고 부서지는 존재야말로 강하다고 말할 수 있지 않을까요?"라며 이야기를 덧붙였다. 나는 나보다 열 살이 많은 그에게 앞으로 '바다 선생'이라고 부르겠다고 먼저 제안했고, 그는 나를 '파도 제자'라고 부르겠다고 승낙했다.

그에게 문자를 보내고 난 뒤 이틀 동안 아무런 연락이 오지 않았다. 토요일이 지나고 어느덧 일요일 밤 10시였다. 전화해볼까 했지만 연락하지 못하는 그럴 만한 이유가 있겠다고 생각했다. 그러나 고요하고 적적하게 꺼진 핸드폰은 시간이 지날수록 나를 불안하게 했다. 그때 한동안 깜깜했던 화면에서 번쩍 불빛이 들어왔다. 그에게 답장이 온 것이었다.

"파도 제자. 제 경험으로 비추어봤을 때 의미는 얻어지는 게 아니라 찾아야 하는 겁니다. 누군가는 하고 싶다는 이유만으로 하고 싶은 일은 선택하기도 하지만 누구에겐 포기해야만 하는 이유가 되기도 합니다. 중요한 건 그 선택의 의미가 무엇인지 찾아야 하는 거죠. 모두가 하고 싶은 일을 하면서 살지 않습니다. 지켜야 할 존재가 있는 사람은 남을 위한 선택을 하기도 하죠. 그 선택 또한 옳은 선택이라고 믿습니다. 중요한 건 지키고 싶은 존재를 지켰다는 거니까요. 제가 드리고 싶은 말은 여기까지입니다. 출장차 동해에 왔는데 오늘따라 바람이 세차 파도가 강하게 몰아칩니다. 파도가 강하게 흔들리는 것을 보아하니 바다가 더 깊어지려나 봅니다."

그날 이후 나는 6개월 더 직장을 다니다가 끝내 퇴사를 결심했다. 나는 하고 싶다는 이유만으로는 불안했고 6개월 동안 확신을 가져다줄 의미를 찾아 헤맸었다.

시간이 흐를수록 우린 외로움에 익숙해져 간다. 사람에게 받지 못한 위로를 우연히 길을 걷다 마주한 꽃이나 나무, 달과 구름에게 얻기도 하고, 언어가 통한다고 마음이 통하지 않는다는 사실을 나이를 먹을수록 절실히 느꼈다. 나는 자주 외로웠고 자주 책을 읽었다. 누군가가 쓴 활자 안에서 나는 자유로웠고 그 자유로움을 나도 누군가에게 선물해주고 싶었다.

짙은 밤하늘을 가만히 바라보고 있으면 이전엔 보이지 않았던 별들을 볼 수 있다. 남들보다 더 오래 바라봐 줘야 하고, 더 귀 기울여주어야 하는 별들이 오늘도 소리 없이 반짝인다.

빛이 사라져도 난 사라지지 않는다

"행복했으면 좋겠다."

"네가 정말 하고 싶은 일을 하며 살았으면 좋겠다."

글쎄. 내겐 그들의 말이 뜬구름 잡는 얘기처럼 들렸다. 그렇게 말하는 본인들의 삶은 과연 행복한가. 솔직히 위선처럼 느껴졌다.

꿈을 꾸라고 하지만 어떻게 꿈을 찾아야 하는지에 대해 말을 걸어준 사람도, 행복하라고 하지만 행복할 수 없는 내 환경을 이해해준 사람도 없었다. 난 어떻게 살아야 할지에 대해 수없이 고민했고 매번 고민의 벽 앞에서 좌절했다. 그러다 돌연 학교를 중퇴했다.

선택의 여지 없이 의무교육에 내몰린 12년, 대학 역시 나에게는 제도권이라는 틀 안의 의무교육, 그 이상의 의미는 없었다. 이곳에서 나이는 계급 같은 것이다. 가만히 있어도 사회적 신분이 만들어진다. 대학이란 곳은 대부분의 20대가 거쳐야 할 통과 의례 같은 것이었다.

20대에게 꿈을 묻는 것은 무책임한 짓이다. 대학이 취업의 장이 되고, 전공을 버리고 9급 공무원 시험장에 내몰리는 이 사태의 심각성을 우리 사회는 방관하고 오히려 조장하고 있지 않은가. 대학은 떳떳하게 취업사관학교니, 취업률이니 하며 대학 본연의 정체성을 스스로 부정하고 있다. 밖에서는 인문학이 열풍이라고 하는데 대학에서는 기초학문 분야의 학과가 줄줄이 폐지되고 있는 이러한 아이러니를 견딜 수 없었다. 꿈이 어디 있는지는 모르겠으나 이곳에 꿈이 없다는 것만은 확실해 보였다.

주위에서는 내 선택이 잘못된 것이라 했지만 나는 두렵지 않았고 오히려 들뜬 흥분의 파문이 몸속에서 휘몰아침을 느꼈다. 인생 처음으로 내린 결정다운 결정이었기 때문이다.

우리는 분명 같은 하늘 안에 살면서도 다른 세상을 바라보고 있었다. 대학이 젊음과 자유의 상징이라는 말은 거짓이다. 이 세계에서 우리는 스스로 선택하기를 거부한다. 왜일까? 답은 간단하다. 선택해 본 적이 없기 때문이다. 우리에서 태어난 코끼리는 우리를 벗어나지 못하는 것이 아니라, 벗어나길 거부하는 것이다. 규율에, 보장에 익숙해진 제도권의 삶 속에서 이상적인 자유보다 안정된 종속을 원하는 것일지도 모른다. 최소한 내 눈에 비친 세상은 그랬고, 나는 그래서 떠나기로 했다.

나라는 존재는 실존하는 자아다. 그림자는 결코 내가 될 수 없다. 이 세상을 태양이라 가정해보라. 태양의 기울기에 따라 그림자는 순응하며 늘어지고 때로는 길어지기를 반복한다. 그러나 태양과 그림자 사이에 나는 중심으로 자리하며 변하지 않는다. 실존의 중심에는 내가 있을 뿐이다. 나는 태양으로부터 그리고 이에 순응하여 스스로 일그러지는 나로부터 벗어나려고 한다. 대학을 중퇴한 이유는 그것이 전부다.

빛이 사라져도 난 사라지지 않는다.

난 그림자가 아니다.

온탕과 열탕 사이

육신보다 정신이 먼저 지쳐 찌뿌둥할 때면 동네 목욕탕을 찾는다. 온탕에 들어가 턱 끝까지 차오르는 온기를 눈을 감고 느끼고 있으면 마치 속 안에 있는 묵은 피로가 물이 한 번씩 넘실거릴 때마다 몸 밖으로 토해져 나와 정신을 맑게 해주기 때문이다.

그날은 유독 글이 써지지 않는 날이었다. 몇 시간째 책상 앞에 앉아 문장은커녕 단어 하나도 적지 못하고 있었다. 문득 고개를 돌려 창문 쪽을 바라봤다. 창밖으로 본 바깥 풍경은 긴 겨울이 저무는 끄트머리에서 소리 없이 봄이 찾아오고 있었다. 그 순간, 나는 과감히 노트북을 끄고 집에서 나와 동네 목욕탕으로 갔다. 당연히 한적할 것이란 기대와 달리 평일 10시 30분의 목욕탕 안은 사람들로 분주했다. 탈의실에서 옷을 벗고 문을 열고 탕으로 들어갔다. 탈의실과 달리 탕 안은 고요했다. 물소리만 가득했다.

간단히 샤워를 마치고 온탕에 몸을 담갔다. 체온보다 높은 탕 안에 들어갈 때면 입에선 절로 감탄이 새어 나온다. 또 옆구리가 짜릿하고 간질거리기 때문에 한동안은 그 부위를 손으로 긁어주어야 하는데 이 또한 나는 해독 작용이라 믿는다. 탕 안에서 눈을 감고 있으면 욕탕 중앙에서 뿜어져 나오는 물이 내 몸을 휘감으며 마치 속 안에 있는 묵은 때를 세척하는 것처럼 느껴진다. 그렇게 십여 분쯤 시간이 지나면 답답함이 턱 끝까지 차오른다. 그때 나는 몸을 일으켜 욕탕에 반신만 담그거나 잠시 탕 밖으로 나가 휴식을 취한다. 그렇게 이 과정을 몇 번 반복한다.

점심시간이 다가오자 온탕에 사람들이 가득했다. 하지만 신기하게도 누구 하나 옆 사람과 대화를 나누는 사람은 없었다. 그때 나는 온탕 구석에 앉아 있었는데, 건너편에 더 뜨거운 열탕이 눈에 들어왔다. 둘 사이에는 마치 일정한 나이 조건이라도 있듯 세대가 구분돼 있었다. 온탕은 열탕보다 젊었다. 이 장면이 내 시선을 사로잡았다.

그때부터 목욕탕 안에 있는 사람들의 표정을 유심히 관찰했다. 무표정한 얼굴에는 고단함이 가득 묻어 있었다. 세월이 준 피로를 벗겨내기 위해 이곳에 온 것이다. 그 시간은 고요할 뿐이다. 그러다 문득 어르신들이 열탕에 계신 이유는 어쩌면 온탕에서 더는 피로를 벗겨내지 못하는 것일 수도 있겠구나 싶었다. 점점 나이를 드시면서 감각이 둔해지는 생물학적인 이유도 있겠지만, 나는 다르게 생각했다. 그들 또한 예전 자신들의 젊은 날 온탕에서 세월의 피로를 벗겼던 시간이 있었을 것이다. 하지만 세월이 지날수록 더 무거워지는 삶의 무게를 온탕에서 벗겨낼 수는 없었을 것이다. 내성이 생겼기 때문이다. 짊어진 무게만큼 더 뜨거운 곳을 가야만 했다.

내성은 한편으로 우리를 강하게 만든다. 이제 막

걷기 시작하거나 뛰기 시작한 아이들은 넘어지면 쉽게 눈물을 보인다. 고통이 낯설기 때문이다. 그리고 그 고통을 알게 되고 익숙해질 때쯤 넘어졌다는 이유로 더는 울지 않는다. 감기도 마찬가지다. 심한 감기에 걸려 열이 40도까지 올라 격렬한 기침으로 목소리마저 낼 수 없는 시간을 견디고 나면, 시시한 감기에는 한동안 걸리지 않는다. 찢어지고 피가 나고 하다 보면 그 자리에 굳은살이 박이는 것처럼 삶은 고통의 연속이다.

흔히 인생은 마라톤이라고 말한다. 장거리 달리기를 하다 보면 몇 번의 위기가 찾아온다. 무거워진 발걸음과 턱 끝까지 차오르는 숨은 금방이라도 포기를 생각나게 만든다. 하지만 숨이 멎을 것 같은 고통을 느끼더라도 자신의 속력에 맞춰 호흡을 유지하려고 노력하다 보면 한계를 넘을 수 있다. 자신의 한계에 부딪히고 견뎌내는 것이야말로 최선이라고 말할 수 있지 않을까.

나는 최선이라는 말을 좋아한다. 어떤 일을 할 때

면 최선을 다하려고 노력한다. 온 정성을 다하는 것뿐만 아니라, 현재의 나에게 만족하지 않고 마주하는 한계를 넘어서는 것 또한 최선이다.

특히 스무 살이 지나고 마주하는 현실은 모두 낯설고 모르는 것들로 가득하다. 그래서 나는 실제 나의 한계를 뛰어넘기 위해 그때마다 마주하는 '이 정도면 괜찮아'란 유혹의 고비를 견뎠다. 최선이란 다른 말로 숱한 괴로움을 참는 인내의 시간을 의미한다. 고통의 연속인 삶에서 힘들지만 버텨야만 한다. 최선을 다해.

언젠가는 나도 온탕에서 열탕으로
가야 할 날이 올 것이다.
조금은 늦게 찾아왔으면 좋겠지만,
열탕에 들어갈 때 건너편 온탕을 바라보며
최선을 다했다, 얘기해주고 싶다.

흔적을 남긴 사람

수원에 있는 어느 한 전통찻집에 갔다. 동료 작가의 소개로 찾은 그곳에서 뜻밖의 경험을 했다.

찻집에 처음 들어서는 순간, 나는 눈앞에 펼쳐진 광경을 보고 입을 다물지 못했다. 시간이 멈춰 있는 듯한 느낌이랄까. 아니면 시간이 뒤죽박죽 섞였다고 해야 할까. 할아버지가 손자에게 "옛날에는 말이다…" 하면서 옛이야기를 들려주는 듯했다. 20년 넘게 운영한 찻집은 7080세대의 시간을 시작으로 모든 추억을 간직하고 있었다. 한쪽 벽면에는 오래된 책과 엘피판이 종류별로 가득 쌓여 있고, 벽면 곳곳에는 옛 영화 포스터가 붙어 있었다.

그곳에는 3개의 방이 존재했다. 각 방마다 다른 분위기를 느낄 수 있는 듯했는데, 나는 그저 사람이 없는 조용한 방으로 들어섰다. 찻집에 깊숙이 배인 세월의 정취를 조용히 느끼고 싶었기 때문이다. 차를 주문하고 방안을 천천히 살폈다. 흔적들이 가득했다. 이곳을 방문한 사람들은 쪽지를 이용하거나 벽에 낙서를 통해 그들만의 순간을 기록했다.

타인의 흔적은 흥미롭다. 의문을 던지게 한다. 한때 영원한 사랑을 약속한 연인들이 지금도 변치 않았는지, 순간을 기억하자며 이름과 날짜를 적었지만, 과연 그 날짜를 정확하게 기억하고 있을지, 혹은 10년 뒤에 다시 오겠다는 당신은 여전히 이곳을 사랑하고 있는지. 사랑을 생각하다가 이름도 모르는 당신을 떠올렸다. 사랑이 변함없었으면 하는 바람으로.

진심을 담은 글자에는 온기를 담고 있다. 진심이 가득한 이곳이 따듯한 이유도 그와 마찬가지다.

주문한 감주가 나왔다. 보기에는 식혜처럼 생겼지만, 엄밀히 말하자면 둘은 다르다고 한다. 글쎄. 나는 잘 모르겠다.

그곳에 머무는 동안 나는 누구의 방해도 받지 않고 온전히 내 시간을 가졌다. 그리고 시간을 간직하고 있는 찻집에서 나도 그런 사람이 되고 싶다고 벽면에 조그맣게 흔적을 남겼다.

시간을 간직하는 사람이 되고 싶다. 시간 안에 사람을 담았으면 한다. 나를 기억해주는 사람들이 내 삶 곳곳에 흔적을 남겨줬으면 좋겠다. 기억을 추억으로 간직하는 그런 사람으로 그들에게 기록되고 싶다.

스쳐 지나간 인연을 간직하고, 함께 흘러가는 인연을 붙잡고, 다가올 인연을 놓치고 싶지 않다. 그런 사람이 되고 싶다.

방황이 길어진 이유

질문은 늘 나를 향해 있는데,

나는 내가 아닌 타인을 통해

답을 찾으려고 했다.

빨간 불이라면 잠시 멈춰 줄래?

싸늘했다. 알람이 울려야 할 시간인데도 울리지 않았다는 사실은 실수로 알람을 맞추지 않았다거나 알람이 지쳐 쓰러질 정도로 시간이 지났다는 것이다. 대부분 전자보단 후자에 '망했다'를 외치는 편이다. 망했다.

서둘러 준비를 마치고 택시를 탔다. 광화문까지 대중교통으로 도저히 도착할 수 없는 시간이었다. 택시 기사님에게 만나기로 한 약속 장소의 주소를 알려드리고 나는 지금 만나러 가는 동생에 대해서 생각했다.

이게 도대체 얼마 만인지. 동생과 나는 대학생 때

인문학 수업에서 처음 만났다. '인문학은 삶에 필요할까?'라는 주제로 토론을 했을 때 우리는 서로 다른 입장에서 격렬하게 맞부딪혔다. 수업이 끝나고도 "형. 진짜 그렇게 생각해요?" 하면서 자기 생각을 끝까지 이해시키려고 다가왔었던 그 순간이 우리의 첫 만남이었다. 처음엔 수업 때마다 옆자리에 앉더니 어느 날부터 매일 점심을 같이 먹는 사이까지 되었다. 언제 한번 내가 진지하게 "너 남자 좋아하니?"라고 물었을 때, 얼굴을 붉히며 "아! 진짜 뭐래요. 형, 저 여자 좋아해요"라고 말하고는 "형이 저랑 완전히 반대인 사람이라 끌리는 것뿐이에요"라고 대답했지만, 실은 널 경계했었던 그때가 떠올랐다.

빵- 급정거와 함께 경적소리가 과거에 있던 나를 흔들어 깨웠다. 그때 운전석 쪽에서 불만이 들려왔다. "언제 여기에 신호등이 생겼대. 괜한 걸 만들어 놓으니까 차들이 제대로 못 가고 서 있기만 하지." 나는 그 말을 듣고 주변을 살폈다. 딱 봐도 새로 지어진 아파트 단지가 눈에 들어왔다.

"아파트가 들어섰나 봐요." 내가 말했다.

"예전에도 아파트가 있었어. 그땐 이 신호등이 없었는데 말이야. 귀찮게 이런 걸 만들어서. 운전하는 사람의 마음은 생각도 안 하고. 그렇죠?" 하대와 존대가 애매하게 섞인 말에 나는 기분이 묘했다. 기사님의 질문에 그렇다고 대답했지만 실은 이유가 있지 않을까 생각했다.

'멈춰야 할 때는 그만한 이유가 있지 않을까?'

동생의 말처럼 동생과 나는 정반대의 성향을 지녔다. 동생은 현재를 이야기하기 좋아했고, 나는 미래를 이야기하기 좋아했다. 동생은 늘 준비에 대해서 언급하기를 좋아했고 나는 이유에 대해서 질문하기 좋아했다. 어느 날 내가 돌연 대학을 중퇴한다고 선언했을 때 현실을 운운하며 가장 반대편에 서 있었던 동생은 한동안 나와의 연락을 끊었다가 며칠 전 SNS로 먼저 연락을 보내왔다. 5년 만이었다.

- 형이 생각나서 연락했어. 꼭 봤으면 좋겠어.

동생이 알려준 주소에 도착했다. 꽤 고급스러운 한정식집이었다. 종업원이 나를 방으로 안내했다. 방문이 열리자 앉아 있던 동생이 벌떡 일어나 인사를 건넸다. 우리는 서로 악수를 하면서 시선은 서로의 곳곳을 훑고 있었다. 5년 전 대학생 때의 모습과 비교하니 새삼 시간이 흘렀음을 느꼈다. 청바지에 체크무늬 셔츠를 즐겨 입었던 놈이 어느새 남색 정장을 입고 앞에 서 있었다.

우리는 서로의 안부를 묻기 바빴다. 요즘 어떻게 지내냐는 물음에 나는 글을 쓴다고 했고 동생은 대기업에 취업해서 2년째 다니고 있다고 했다. 내가 글을 쓴다고 하자 동생은 큰소리를 내어 웃더니 "여전하다. 변했으면 오히려 서운할 뻔했어"라고 말했다. 지금도 동생과 나는 정반대의 삶을 사는 중이었다. 동생은 스스로 정신없이 현실을 사는 중이라고 얘기했고, 나는 한때 현실을 살았으나 지금은 꿈을 좇고 있다고 말했다.

동생은 회식 때 자주 오는 곳이라서 자기가 낼 테

니 편하게 먹으라고 말했다. 먼저 만나자고 하거나 자리를 마련한 사람이 돈을 내는 건 자연스러운 일이었으나 그날은 동생이 그 말을 먼저 꺼내줘서 속으로 다행이라고 생각했다. 순진하게도 호의에는 대가가 따른다는 것을 잊은 채로.

"형, 나 요즘 지쳤나 봐. 모두 내려놓고 싶어. 어떡하면 좋을까?"

동생이 이 말을 했을 때 나는 선뜻 어떤 말도 건네지 못했다. 이해가 안 됐기 때문이다. 지쳤다는 말은 동생에게 어울리지 않는 감정이나 말이었다. 내가 아는 그는 지칠 줄 모르는 사람이었다. 그리고 이 말을 하기 위해서 5년 만에 나한테 연락했다는 사실도 쉽게 받아들이지 못했다. 무려 5년 만에.

내가 처음 동생에게 '적토마'라고 이름을 붙여줬을 때가 떠올랐다. 그날 우리는 대학가 술집에서 술을 마시고 있었다. 우연히 술집에서 노래가 잔잔해졌을 때 옆 테이블에서 다른 과 선배가 이야기하는 게 들렸다. 무엇을 해야 할지 몰라서 불안하다고 친구에게 털어놓고 있었다. 다시 노랫소리가 커지자 동생이 흥분한 어투로 말을 내뱉었다.

"불안하다는 건 본인이 게으르다는 걸 시인하는 말이야. 무엇을 해야 하는지 알면서도 안 하니까 불안한 거거든."

"아니지. 무엇을 해야 하는지 알지만 내가 하고 싶은 거와 다르니까 불안한 거야."

"그럼 그냥 하고 싶은 걸 하면 되잖아. 왜 주저하는 거야?"

"선택해 본 적이 없어서 그래."

"선택할 수 없으면 그냥 해야만 하는 걸 하면 되는 거야."

술집에서 나온 우리는 다른 곳으로 2차를 갈까 하다가 서로의 주머니 사정을 확인하고 과자 한 봉지와 소주 2병을 사서 내 자취방으로 발길을 옮겼다. "적토마가 가장 빠른 이유는 남들이 쉴 때도 달려서 그래. 네가 딱 적토마 같아. 쉬지 말고 달려, 적토마!" 라고 동생에게 술주정을 부렸더니, 동생이 그 말을 듣고서 얼굴을 찡그렸다.

“형은 순록이야. 순록은 시력이 안 좋아서 후각에 의존하면서 산대. 거봐. 딱 형이야! 현실도 보지 못하고 달콤한 이상에 취해서 살잖아. 다큐멘터리 같은 거 보면 꼭 자기보다 센 놈한테 잡아먹히기나 하잖아.”

동생은 4년 내내 장학금을 받으면서 학교생활을 했고, 군대에서도 필요한 자격증과 영어 성적을 미리 취득할 정도로 쉼 없이 살았다. 졸업과 동시에 취직한 지금의 직장에서 처음엔 낯설었지만 금방 적응했고 지금은 주변에서 인정도 받는다고 했다. 그런 그가 왜 지친 걸까.

동생은 중요한 걸 놓친 거 같다고 여러 번 반복해 말했다. 평소처럼 퇴근하고 집으로 돌아갔는데 아무도 없는 불 꺼진 방 안이 무섭고 공허했다고. 처음으로 공허함을 느낀 그가 처음으로 자신에게 질문을 던졌다고 했다. ‘잘 살고 있는 걸까?’ 그때부터 동생은 삶이 지루하게 느껴졌다고 했다. 의미 없이 하루를 사는 것 같았다고.

나는 동생의 이야기를 말없이 듣기만 했다. 식사를 마치고 근처 술집으로 2차를 가자고 말하는 동생에게 나는 소화도 시킬 겸 사야 할 게 있다면서 그를 서점으로 이끌었다. 서점에 도착하자마자 동생은 입사하고 서점은 처음 와 본 거 같다고 얘기했다.

“서점은 내가 멈추고 싶을 때 오는 곳이야”라고 말하면서 나는 도서 검색대로 다가갔다. 도종환 시집 『당신은 누구십니까』를 사서 동생에게 선물로 줬다. “누구에게도 정해진 답은 없어. 다음 질문을 찾을 수 있게 도와줄 거야.”

나는 서점에서 나와 동생에게 약속이 있어서 가봐야 한다고 말했다. 동생은 믿을 수 없다는 표정을 지었고, 나는 동생에게 다음을 기약하자고 했다. 다음에 만났을 땐 네가 찾은 다음 질문에 대해 얘기하자면서 택시 문을 열었다. 사실 그날 나는 약속이 없었지만, 내가 그런 결정을 한 것은 동생에게 필요한 건 내가 아니라 혼자만의 시간이라고 생각했기 때문이었다.

두 달 뒤에 동생을 다시 만났을 때 동생은 전보다 훨씬 밝은 얼굴을 하고 있었다. 동생은 내가 택시를 타고 떠난 날 마음을 다잡았다고 했다. 당장 하고 싶은 게 없으니까 일단 현재에 집중하는 거로 결론을 맺었다고 했다. 나는 동생의 결정에 열렬한 환호를 보냈다. 누구에게도 정해진 답은 없으니까.

우리는 앞으로 살면서 잠시 멈추고 싶다는 생각과 자주 마주하게 될 것이다. 하고 싶은 걸 하면서 사는 남을 부러워하고, 하고 싶은 거 없이 여태 쉬지 않고 살아온 자신이 초라하다고 느껴질 때도 있을 것이다. 멈춤이 필요한 시간이다.

멈춘다는 건 모든 걸 내려놓는다는 말과 다르다. 멈춘다는 건 혼자만의 시간을 가질 필요가 있다는 말이다. 혼자 여행을 떠나는 것도 하나의 방법이다. 우리는 의외로 익숙한 곳을 벗어나지 못하기 때문이다.

혼자 떠난 여행지에서 자주 발걸음을 멈추게 될 것이다. 동생처럼 당장 무언가를 결심해야 하는 것도 아니다. 중요한 건 답이 아니라 질문에 있음을 알았으면 좋겠다.

물음표를 간직하는 사람

가장 기억에 남는 선물이 있다면 바로 일기장이다.

J는 5년 동안 하루도 빠짐없이 매일 일기를 쓰고 있다고 했다. 나는 J에게 5년 동안 일기를 쓰는 데 특별한 이유가 있는지 물어봤다. 매일매일 하루를 기록하는 일이 얼마나 고된지 한때 일기를 써보니까 깨달았고, 꼭 일기가 아니더라도 5년 동안 하루도 빠짐없이 무언가를 계속해 왔다는 것이 특별한 이유가 없으면 불가능하다고 생각했기 때문이다.

J는 오히려 평범한 이유에서 일기를 쓰기 시작했다고 대답했다.

"그때는 매일 똑같이 흘러가는 생활이 싫었어. 오늘이 어제 같고, 내일이 오늘 같은 매일 반복되는 일상이. 매일 다른 하루를 만들 방법이 없을까 고민하다가 일기를 쓰기 시작했어."

처음 J의 대답을 들었을 때 머리를 세게 얻어맞은 느낌이 들었다. 그 평범한 이유가 내가 일기를 그만둔 이유와 같았기 때문이다. 그때 마침 J가 나에게 일기를 쓰는지 물어봤고 지금은 안 쓴다고 대답하자 그 이유를 물었다.

"사실 내가 일기를 그만둔 이유와 네가 일기를 시작한 이유가 똑같아. 나는 직장 생활을 시작하면서 매일 반복되는 삶이 언제부턴가 평범함을 넘어서서 보잘것없어 보이더라고. 매일 일기장에 푸념만 늘어놓고 있었고. 나는 분명 최선을 다해 하루를 살았는데 특별히 적을 게 없는 나의 하루가 마치 내가 별로라고 이야기하는 것 같았어. 그래서 그만뒀어."

J는 조금 놀란 듯 보였다. 아마도 자신은 한 번도 그렇게 생각해 본 적이 없어서일 것이다. 같은 풍경을 보더라도 다른 것을 생각하는 게 사람이니까. 내 대답이 끝나자 J는 다른 주제로 대화를 이끌었다.

그날 이후로 바쁜 나날을 보냈다. 회사 재정 상태가 나빠지면서 업무량이 늘어나고 매일 야근으로 찌들었다. J와의 마지막 연락도 "요즘 많이 바쁘네"였다. 그러다가 어느 늦은 시간에 J에게 뜬금없이 전화 한 통이 왔다. 줄 게 있으니까 내려오라는 연락이었다.

1층으로 내려가 J를 만났다. J는 흔한 안부조차 건네지 않고 포장지에 쌓인 무언가를 주고 곧장 떠났다. 나는 집으로 돌아와 선물을 뜯어봤다. 밤하늘 배경에 별이 정신없이 많은 포장지를 벗겨 내자 그 안에 검은 공책이 있었다. 크기는 A5 정도 되어 보였고, 어떤 글씨나 그림조차 없이 오직 검은 인조 가죽으로 만들어졌다. '도대체 이게 무슨'이라는 생각이 제일 먼저 들었다. 공책 안을 살폈다. J의 편지가 있었다.

"짜잔! 요즘 많이 힘들지? 소품가게에 갔다가 이 공책을 봤는데 네가 딱 생각났어. 포장지는 화려한데 안에는 웬 평범한 검은색 노트가 있어 당황했지? (당황했을 거라고 믿는다!) 사실 저번에 우리가 만났을 때 네가 한 말이 내내 마음에 걸리더라고. '최선을 다해 살았는데 특별히 적을 게 없는 내 하루가 마치 내가 별로라고 이야기하는 것 같았다.' 그때 어떤 말도 해 주지 못해서 미안했어…"

나는 그날을 잊고 지냈었다.

"이 공책이 왜 네가 생각이 났냐면 겉 디자인은 평범하지만 내지 디자인은 일기를 쓰기에 알맞게 만들어졌더라고. 종이도 엄청 좋은 재질이고. 평범한 듯 보이지만 실은 평범하지 않다는 말이지! 특별히 적을 게 없는 하루가 별로라고 생각할 수 있지만, 최선을 다해 사는 네가 특별하다고 얘기해 주고 싶었어.

평범하게 생긴 공책을 처음 펼쳤을 때 마주했던 특별함처럼, 어쩌면 평범하게 보이는 너의 하루를 들여다보면 분명 숨겨진 특별함을 찾을 수 있지 않을까 싶어. 때로는 왜? 라는 이유를 붙여 평범함이 특별해지기도 하잖아.

기대할게. 점점 특별한 하루들로 가득 채울 너의 하루를. 그럼 안녕."

마음이 복잡했다. 그동안 잊고 지냈던 하루를 누

군가는 소중하게 기억하고 있었다는 생각에. 그날은 분명 나에게도 평범하지 않은 특별한 하루였는데 나는 특별함마저도 쉽게 잊고 지냈다. J의 말처럼 일기를 다시 써보기로 했다. 그전에 J에게 문자를 보냈다.
"특별한 하루를 선물해줘서 고마워. 조심히 들어가."
그리고 일기를 썼다.

J에게 일기장과 함께 특별한 하루도 선물 받았다. 문득 J는 물음표를 간직하는 사람이라는 생각이 들었다. 물음표 모양을 살펴보면 마침표 위에 갈고리처럼 생긴 것이 꼭 사람의 귀 모양 같다고 생각한 적이 있는데 그런 의미로 J는 마침표를 찍은 마음(하루)에 다시 한번 귀를 가져다 대어 "정말 그래?"라고 묻는 사람이다. 실은 괜찮지 않으면서 괜찮다고 마침표 찍은 마음들. 그냥이라는 말로 차마 속마음을 이야기하지 못하고 마침표 찍은 마음들. 정말 하고 싶은 말은 그곳에 있지 않을까.

매일 진심이 아닌 적은 없었다. 어떻게든 버텨보려고 최선을 다했다고 말할 수 있다. 하지만 나에게 진심이었던 적은 없었던 거 같다. 앞으로 번번이 넘어 갔던 나의 하루들을 적어볼까 한다.

나의 하루에 물음표를 선물해준 J에게 진심으로 고맙다.

여행자의 눈

마스크 착용이 일상화되면서 눈을 마주 보는 일이 많아졌다. 대중교통을 이용할 때도 마주 앉은 사람의 눈을 보게 되고, 카페에서나 길 위에서 지나치는 사람의 눈을 보는 경우가 대부분이었다.

세상에는 크게 두 가지의 눈빛이 존재한다. 힘이 느껴지는 눈빛과 힘을 잃은 눈빛.

흔히 좋은 눈빛이라고 말하는 힘이 느껴지는 눈빛은 바라보는 것만으로도 상대에게 좋은 기운을 준다. 그런 눈빛은 순간마다 살아있음이 느껴진다. 순간에서 순간으로 나아가고 있는 듯한 느낌이랄까. 반대로 힘을 잃은 눈빛은 서로 피하려고만 한다. 그 눈빛을 가진 사람도, 그 눈빛을 보는 사람도. 마치 흐린 하늘을 연상하게 한다. 하늘 아래 모든 존재를 무채색으로 만들어버린다.

그날의 눈빛이 그랬다.

B를 처음 알게 된 것은 4년 전 호주 워킹홀리데이 중 같은 방을 쓰면서부터였다. 약 3주 정도 룸메이트 생활을 했는데 내가 돌연 한국으로 돌아가는 바람에 오랜 시간을 함께 보내지 못했었다. 하지만 함께 지낼 때만큼은 서로 출퇴근 시간이 비슷해 집에서 함께 요리해 먹고, 술도 마시고, 산책도 자주 했다. 무엇보다 대화가 잘 통해서 내가 한국에 돌아왔을 때도 꾸준히 연락하면서 지냈다. B는 한국에서 취업 준비를 하다가 문득 외국에서 한 번쯤 살고 싶다는 생각에 호주로 왔다고 했다. 살면서 외국 자체를 처음 와 본 B는 항상 설렘을 가득 품은 눈빛으로 반짝였다. 내가 한국에 돌아가서도 B는 호주 곳곳을 여행하면서 찍은 사진들을 나에게 보내줬다. 그만큼 호주 생활에 푹 빠져 있었다. 그리고 어느 날 연락이 와서 좀 더 외국에서 살고 싶은데 호주 대학원을 준비해야 할지, 아니면 다른 나라로 워킹홀리데이를 가야 할지 고민

하는 중이라고 했고, 1년 뒤에 연락이 와서는 우연히 알게 된 외국인 친구와 함께 유럽 여행을 갈 거라고 했다. 잊을 만하면 B에게 연락이 왔고, 나는 그런 B의 연락이 좋았다. 그리고 한동안 연락이 끊겼다가 약 1년 만에 연락이 왔는데 B가 한국에 돌아왔다고 했다. 코로나의 영향 때문이라고 했다.

오늘 그가 힘을 잃은 눈빛으로 마주 앉은 나를 바라보았다. B가 먼저 안부를 물었다. "요즘 어떻게 지내?" 나는 저번에 얘기했던 것처럼 회사 다니면서 글 쓰는 중이라고 대답했고, B는 꿋꿋이 하는 모습이 멋지다고 해줬다. 하지만 나는 그에게 어떻게 지내냐고 안부를 물어야 할지, 요즘 힘들지 않냐고 걱정을 건네야 할지 혼란스러웠다. 내가 아는 B는 힘든 상황에서도 늘 밝은 모습이었으므로. 짧은 고민 끝에 걱정을 건네기로 했다.

"요즘 많이 힘들지."

"힘들고 매일 어렵네."

"혹시 한국으로 돌아오게 된 이유가 코로나랑 관

련이 있는 거야?"

"응. 외국에서 지내기가 힘든 상황이라서 잠시라고 생각하고 한국에 돌아왔는데 꽤 길어지네."

"빨리 상황이 나아져서 외국으로 돌아가야 할 텐데."

"글쎄. 근데, 그거 알아? 외국에 있을 때는 고향이 그립거나, 외로움이 밀려올 때 속으로 '그래도 나에겐 돌아갈 곳이 있으니까' 하면서 괜찮다고 스스로 다독였는데. 막상 한국에 오고 보니까 이곳이 정말 내가 돌아와야 했던 곳이었나 싶어."

B는 계속 말을 이어 나갔다. B의 모습은 마치 권투 시합 중 그로기 상태에 빠져 마지막으로 있는 힘을 쥐어짜 주먹을 뻗는 사람처럼 절망적이었다.

"그때는 이럴 줄 몰랐어. 한국에 돌아가게 되는 날에는 멋진 꿈 하나 챙겨서 가겠구나 싶었지. 애초에 호주로 떠났을 때 빈손이었으니까, 돌아가는 날에는 잃을 것이 없다고만 생각했어. 그런데 막상 돌아온 고향에서 나는 왜 하고 싶은 것도, 할 수 있는 것도 없을까. 이러면 안 되는 거 아는데 요즘 남과 나를 자주 비교하게 돼. 애초에 호주로 떠나지 않았으면 하고 후회를 할 때도 있어. 안정적인 가정을 이룬 친구를 볼 때면, 일찍 사회에 나가 차장 진급을 앞둔 친구를 볼 때면, 하고 싶은 일을 찾아 너처럼 꿋꿋이 해 나가는 모습을 볼 때 말이야. 아, 미안. 이런 이야기 하려고 보자고 한 건 아니었는데. 나 잠시 화장실 좀 갔다 올게. 아니다. 다음에 보자. 연락할게."

B는 그렇게 떠났다. 큰 태풍이 지나간 것 같았다. B가 떠난 자리는 고요했고, 찝찝했으며 무거웠다. 마지막으로 쥐어짜 뻗은 주먹이 허공인 줄 알았는데 오히려 나에게 결정타를 날린 것이었다. 한동안 B의 생각에 밤을 지새웠다. B에게 아무런 연락도 오지 않았기 때문에 내가 먼저 연락해 봐야 하는 건지, 올 때까지 기다려야 하는 건지 도무지 알 수가 없었다. 그렇게 한 달이란 시간이 지났다. 나 역시 바쁜 일상 속에서 서서히 B의 존재를 잊고 지냈다.

그러다가 어느 날 회사에서 점심을 먹고 잠깐 쉬면서 핸드폰을 하고 있는데 갑자기 띵- 하는 소리와 함께 개인 메일 알림창이 화면에 떴다. 처음엔 당연히 스팸이겠거니 했는데 어디서 낯익은 이름이 보였다. 다름 아닌 B였다.

B는 사진과 함께 자신의 소식을 전했다. 그날 집으로 돌아가면서 스스로 너무 쪽팔린 나머지 핸드폰을 홧김에 던졌는데 그게 하필 하수구에 빠지면서 미리 옮겨놓지 못한 사진이나 연락처들이 전부 날아갔었다고. 연락처를 몰라서 어떻게 연락해야 할지 고민하다가 문득 예전에 이메일 주고받았던 게 생각나서 지금 메일을 보낸다고 했다. 연락이 늦어서 미안하다면서 자신은 지금 부모님의 지인을 소개받아 제주도로 가서 게스트하우스에서 일하면서 제주살이를 시작했다는 소식이었다. B가 보내준 사진 속에는 제주에서 함께 시간을 보냈던 여행자들과 내가 한때 응원하면서 부러워했던 B의 얼굴이 있었다. B의 눈빛이 돌아왔다. 돌아온 눈빛을 바라보는 것만으로 갑자기 배에 힘이 빡 들어가면서 닭살이 돋았다. 좋은 기운이 내게도 전해졌다. 메일 끝에는 본인의 새 목표를 전했다.

"당분간 외국으로 떠나지 않으려고 해. 제주도에서 새로운 꿈이 생겼어. 앞으로 떠난 사람을 위해 언제든 돌아올 곳을 제공하는 사람이 될 거야. 그러니깐 너도 제주도 오면 꼭 연락해. 아니, 이거 보면 당장 연락해."

B는 돌아올 곳이라고 생각했던 곳이 생각과 다르다는 것을 깨닫고 스스로 돌아올 곳이 되어야겠다고 다짐했을까. 자신처럼 멀리 떠나있어도 그 시간이 방황이 아니라 여행이라고 생각할 수 있게. 회피가 아니라 삶의 진실과 마주하기 위해 떠났다고. B는 떠난 사람을 위해 돌아올 곳을 제공하는 사람이 되고 싶다고 했지만, 때로는 그에게로 떠나고 싶은 사람이기도 했다.

나는 반복되는 무료한 일상에 지쳐 어디든 떠나고 싶다는 마음이 들 때면 B를 떠올렸다. 내가 아는 사람 중 나와 가장 멀리 있는 사람이었기에. 가방 하나 들고 공항에 가서 "가장 빨리, 가장 멀리 갈 수 있는 곳으로 주세요." 드라마에서 나올 법한 대사와 함께 비행기에 몸을 실으면 그곳이 어디든 B가 나를 기다리고 있을 거 같다는 상상을 해왔다. 그 상상이 그때마다 큰 위로가 되어 주었다. 나는 언제든 떠날 수 있는 사람이야! 그 순간만큼은 스스로 선택하는 삶을 산다고 느껴졌으니까.

당장 외국에 떠나지 못하는 상황이어도 비행기 푯값을 찾아보는 우리는 여행자의 눈을 가진 사람이지 않을까. 출국 심사를 마치고 게이트 앞에서 비행기 탑승 안내 방송을 들을 때의 그 눈빛으로 세상을 바라보고 싶다.

가끔 내가 마음에 들었지만, 자주 내가 싫었다

'온전함'이란 단어를 참 좋아한다. 사전적 의미로 본바탕 그대로 고스란하다는 의미도 좋지만, 단어를 발음할 때 따듯한 온기가 함께 전해지는 듯한 느낌이 들어서이다.

온전히 나답게 사는 삶을 오래전부터 꿈꿨다. 대학을 중퇴한 이유도, 호주 이민을 떠났다가 4개월 만에 돌아온 이유도, 주변 모두가 반대했음에도 글을 쓰는 삶을 선택한 이유도, 모두 내가 나의 삶에 주체가 되어 정말 원하는 바를 선택하고 싶었기 때문이다. 물론 그 시간은 꽤 고달팠다. 가끔 내가 마음에 들었지만, 자주 내가 싫었다. 얼마 해보지도 않고 포기하는 게 아니냐는 식의 비아냥에 '정말 내가 끈기가 없는 걸까?' 반문하면서 자책했었던 적이 허구하다.

서른에 가까워지면서 나답게 산다는 것과 온전히 나답게 산다는 것이 다르다는 것을 깨달았다. 추구하는 삶의 모습에 좀 더 집중하는 것이 나답게 사는 것이라면, 온전히 나답게 산다는 것은 추구하는 자신의 상태에 좀 더 집중하는 것이라고 말할 수 있다. 내가 나인 것에 어떤 이유도 붙이지 않을 정도로 자연스러운 상태이거나 내가 나를 있는 그대로 좋아할 수 있는 상태 같은 것. 그러나 사는 것 자체가 때론 버거울 때가 있다. 살아남아야 한다는 것도, 얽히고설킨 관계에서 타인을 이해하고 용서하는 것도, 미워하고 사랑하는 것도.

그럴 때 삶을 쏙 빼고 '온전한 나'로 있어 본다. 사람을 좋아하면서도 혼자만의 시간이 꼭 있어야 하는 복잡한 나를 인정하는 것과 완벽해지려 애쓰지 않고 가끔 틀리는 나를 자연스러워하는 것. 온전함으로 다가가는 시간은 마음으로 자신을 바라봐야 하는 시간이다. 착한 아들이면서 이기적인 애인이었다가, 허구한 날 잠수를 타는 친구에서 성실하고 유능한 직원으로 다양하게 존재하는 나를, 그리고 지금, 이 순간만큼은 허기진 마음에 위로를 건네줄 수 있는 작가로서의 나를 받아들이는 시간.

어떤 나라도 받아들이겠다는
마음가짐이야말로
'온전한 나다움'으로 다가가는 삶일 것이다.

엔딩크레딧

처음 연필을 잡았을 때가 생각난다.
글을 쓰겠다는 목표보다
마음을 써야겠다는 마음,
차오를 때까지 차올라서
토해져 나오는 마음을 받아 적었다.
그 마음이 지금의 글이 되었다.

책의 마지막을 쓰기 전, 나 자신에게 물었다.
전보다 많이 나를 좋아하게 됐냐고.

솔직히 모르겠다.
오히려 자주 내가 싫었던 나를
덜 미워하게 됐다고 말하고 싶다.

여전히 삶은 온전히 내 삶을 사랑하도록
허락해주지 않는다.
여전히 흔들리고, 부딪히고, 깨진다.

아직도 걱정이 많은 내가 걱정이지만,
그런 나를 외면하지 않기로 했다.
스스로 당당해질 기회를 주기로 했다.
나라도 나를 놓지 말아야지 하는 마음으로.

조금씩 나를 사랑하고 있다.
오늘도 조금씩,
아주 조금씩.

당신과 나의 마음이 같은 곳에 있을 때

내가 당신보다 조금 앞서 있다면
나는 이렇게 말해줄 것이다.

더 천천히 오라고.
괜찮다고.

가끔 내가 마음에 들었지만, 자주 내가 싫었다

초판 1쇄 발행 2021년 07월 15일
초판 3쇄 발행 2021년 08월 13일

지은이 김우석
펴낸이 김기용 김상현

편집 전수현 김승민 **디자인** 이현진
마케팅 조광환 김정아 남소현

펴낸곳 필름(Feelm) 출판사
등록번호 제2019-000086호 **등록일자** 2016년 6월 13일
주소 서울시 영등포구 양평동6가 4-2, 세종앤까뮤스퀘어 907호
전화 070-8810-6304 **팩스** 070-7614-8226
이메일 office@feelmgroup.com

필름출판사 '우리의 이야기는 영화다'

우리는 작가의 문체와 색을 온전하게 담아낼 수 있는 방법을 고민하며 책을 펴내고 있습니다.
스쳐가는 일상을 기록하는 당신의 시선 그리고 시선 속 삶의 풍경을 책에 상영하고 싶습니다.

홈페이지 feelmgroup.com **인스타그램** instagram.com/feelmbook

ISBN 979-11-88469-78-9 (03810)